医道与人文
的守望者

李洁·著

Medical Way and Humanities

爱琴海　　　　　　　　　　　　　　　　　　　　　　　　作者摄

安亚索非亚博物馆　　　　　　　　　　　　　　　　　　　作者摄

与法国 Y.Halimi 和 C.Muller 医生合影　　　　　　　　　　蒋友 画

古罗马斗兽场　　　　　　　　　　作者 摄

莎士比亚故乡　　　　　　作者 摄

智慧女神雅典娜　　　　　　作者 摄

李大春饰武松　　　　　　作者 提供

我的母亲　　　　　　　　作者 提供

戴珍珠耳环的少女　　　　作者 摄

圣托里尼火山岛　　　　　作者 摄

阳明家乡　　　　　　　　　　　　　　　　　　　　　　　作者 摄

与 G.Thornicroft 和 M.Tansella 教授合影　　　　　　　　作者 提供

黄河、铁桥与白塔　　　　　　　　　　　　　　作者 摄

伦勃朗的肖像画　　　　　　　　　　　　　　作者 摄

中国医生、中国作家都应该拿起笔来，写中国医生的思想、工作与生活，写我们的理想和困惑、快乐和忧愁……

中国工程院院士　郎景和

医学是人类情感和人性的表达，目的在于维系人类自身的价值和保护自身的生产能力。

中国科学院院士　韩启德

我们是平庸的人，却也是审美的人；
我们是世俗的人，却也是追梦的人；
我们是藩篱中的肉身，但拥有远方的苍穹与海洋。

（一个精神科医生的内心独白）

出版导言

在古今中外的文学历史长河中，众多医生不乏弃医从文或兼而有之，从面对躯体的生命转向修炼生命的灵性，他们主要以斯摩莱特、济慈、契诃夫、毛姆、鲁迅、渡边淳一、刘易斯·托马斯等为代表。契诃夫这样说过："朋友，如果您想作真正的作家，就学习医学吧，特别是精神病学。"

为何要懂精神病学呢？安东尼·斯托尔说道："由于职业的关系，在性格的品鉴上，精神科医生可说是得天独厚，说自己对人的了解比一般人来得深入而密切，那也绝不为过。"的确，精神科医生对人性的洞察会有独到之处。因此，在精神医学界，一些医生行走于"医道与人文"之间。例如，奥地利精神科医生西格蒙德·弗洛伊德曾荣膺"歌德文学奖"，而法国当代作家弗朗兹·法农、莉迪·萨尔瓦伊尔、帕特里克·勒穆瓦纳，日本当代作家北杜夫、加贺乙彦，英国当代作家安东尼·斯托尔皆为精神科医生。他们一手为医道，一手把文脉。

从另一方面看，无论是世界著名医学期刊《新英格兰医学杂志》还是《柳叶刀》，它们间或刊登一些有关"医学与社会"、"医学艺术"方面的短文，其中不乏历史的沉淀和人类的洞见。它们在分享当代医学成果的同时，亦彰显了人文主义的思想与品质。正如2020年世界科学权威期刊《自然》上所说："如果没有人文学科和社会学科，硬科学和技术将难以解决复杂的社会挑战。"

当下，在"人类世"与"轻文明"的大时代，社会发展与各种挑战并存，群体/个体的心理健康就显得愈发重要。置身于"后现代"与"后疫情"氛围下的群体/个体，如何少些焦躁，少些郁闷乃是精神卫生中的重大课题。

本书是国内一个精神科医生的散文随笔集，历经十年，集腋成裘。可以说，这本书是作者呕心沥血的"医学与人文"三部曲之一（前两部为《文化与精神医学》和《艺术与精神医学》）。这个集子以时间为脉络将精神医学历史、心理健康以及灵性等诸多问题娓娓道来。数十年来，为弥合"两种文化"——"自然与人文学科"之间的鸿沟，作者辛勤地往返于"医道与人文"领域，力求使悬壶济世的医生行善，求真与审美相统一。作者书写视角独特，文笔优美，图文并茂，富有启迪，值得广大读者阅读。

目录

自序 /001

上篇 散文

穿越历史，走进现代，走向后现代 /003

穿越历史，走进现代，走向后现代 /019

旅法散记 /030

罗马速写 /037

追忆曾文星先生 /044

往事钩沉忆先驱 /051

读书的力量 /056

从莎士比亚眼中审视：精神疾患与精神健康 /059

我在哥伦比亚大学领奖 /066

品读威廉·奥斯勒的"生活之道"：一盏明灯照百年 /074

用文化的力量促进精神健康 /080

追忆我的父亲，中国的角儿 /089

我的母亲，红颜不薄命 /096

新冠肺炎疫情中的沉思：一位精神科医生谈心灵健康 /099

慢节奏的快乐生活 /112

我的精神医学之路 /121

医道与人文的守望者 /135

下篇　随笔

1 /154	2 /156
3 /157	4 /159
5 /161	6 /163
7 /164	8 /165
9 /166	10 /167
11 /169	12 /170
13 /171	14 /172
15 /173	16 /174
17 /175	18 /176
19 /178	20 /179
21 /180	22 /181
23 /183	24 /184
25 /185	26 /186
27 /187	28 /188
29 /189	30 /190
31 /191	32 /192
33 /193	34 /194
35 /196	36 /197
37 /198	38 /200
39 /204	40 /206

附录

《艺术与精神医学》后记一 /211

《艺术与精神医学》后记二 /215

自序

众所周知，医学不仅是一门科学，还是一门艺术。尤其是，精神医学更彰显出"科学与艺术"的特点。热爱精神医学和文学的我，自然乐于寻求精神医学与人文学科之间的某些联系。自2011年我出版《文化与精神医学》后，一晃便是十年。期间，不仅再版了这本拙著，还再接再厉出版了《艺术与精神医学》。这两部小书可以说是探索精神医学与人文学科的姐妹篇，旨在从文化人类学、哲学、美学和艺术等视角探讨精神医学，并向国内同道介绍了"文化精神医学"这支"冷门"亚学科的来龙去脉。同时，我更是旗帜鲜明地倡导"精神卫生工作者不仅需要求真、行善，亦需要审美"。可以说，行医者行善乃是天经地义；行医者求真在于发现疾病乃至医学上未知的规律；而审美活动则有助于培养行医者的人文情怀，在某种程度上还能消解他们的职业倦怠，使"真、善、美"在医学包括精神医学中趋于理论与实践的统一，进而更好地服务于患者及其家属。

不久前，我有幸拜读了美国外科医生阿图·葛文德《医生的修炼》等三部曲，感受颇多：为何在医学与人文学科的交叉地带以欧美学者和医生偏多？为何行走于"医道与人文"的中国医生、中国学者相对少见？郎景和院士说过："中国医生、中国作家都应该拿起笔来，写中国医生的思想、工作与生活，写我们的理想和困惑、快乐和忧愁……"（《中国医学论坛报》2018年第44卷30期总第1610期）他的这段话更是触动了我那颗不安的心。

于是我鼓起勇气，趁热打铁，将我近十年来撰写的大部分涉及精神医学并带有人文色彩的发表文章和未发表的散文、随笔结集出版，与探索精神医学与人文学科的两部著作一起，打造成为"医道与人文"三部曲。

研究表明，一些电影、电视等媒介不仅对精神障碍患者污名化，还对从事精神卫生工作的精神科医生形象负面化，如形容这些医生多是情感冷漠、行为古怪之人。所以，精神科医生应当有责任和义务来展现自己的本来面貌。除了本书17篇散文外，我还撰写了数十篇随笔，它们折射出一个精神科医生的所见、所思和所感。我觉得，多数精神科医生其实跟我一样，对患者充满爱心，对事业充满进取心，对人生乐观豁达。只不过爱好文学的我，能有幸将这些内心感受表达出来。

从广义上讲，随笔也是散文，当属文学的范畴。如果说，"医道与人文"三部曲中的第一部是以文化人类学牵头，第二部是以美学和艺术作担当，那么，第三部的落脚点则是文学（散文）。如果说，前两部文化、艺术与精神医学著作着重导介精神医学相关人文领域的交叉学科，侧重于"编"，那么，这部散文随笔集则涉及精神医学历史、心理健康以及灵性等诸多问题，侧重于"著"。无论是编抑或是著，鄙人明白当有一条主线——逻辑链条——把精神卫生与文化人类学、美学、艺术和文学等人文学科贯穿起来，以体现"医道与人文"的主旨。记得法国思想家米歇尔·福柯的老师乔治·康吉莱姆曾说过："一位哲学教授之所以对医学产生兴趣，并不一定是为了更好地认识精神疾病，也更不必然是为了进行某项科学训练。我明确地希望医学成为人类一些具体问题的引导。"（乔治·康吉莱姆著.《正常与病态》，李春译.西北大学出版社，2015年）同样，一位精神科教授之所以对文化人类学、哲学、美学、艺术和文学感兴趣，并不一定是为了更好地熟识人文学科，而是希冀从"生物—心理—灵性—社会—文化"多视角来全面理解精神医学与现实生活中的人。

尤其是在"人类世"与"轻文明"的大时代，社会发展与各种挑战并存。它在带给人们便捷、舒适生活的同时，也使人们在心理上浮躁、心灵上沉重。于是，注重群体/个体的心理健康就显得愈发重要。置身于"后现代"与"后疫情"氛围下的群体/个体，如何少些焦躁、少些郁闷，乃是精神卫生中的重大课题。除了强调身体健康与心理健康之外，在本书中，鄙人还提倡培养人的灵性生活和慢节奏的快乐生活以适合当下的生存环境。

当然，鄙人才疏学浅，"医道与人文"这一课题路漫漫其修远兮，我唯有殚精竭虑而为之。

最后，做人、做事忘不了感恩。在我看来，这比心智更为重要。我的散文里有两篇感恩父母的文章，表面上看似与精神卫生无关，其实不然，懂得感恩有助于培养我们的灵性生活，进而有益于心灵健康。除了感谢养育我的父母之外，这本小书中的一些文章积攒了数年，犹如陈年老酒，自然要感谢帮助过我的"酿酒"之人，他们是：《中国医学论坛报》的编辑李妍女士、《精神医学杂志》的资深编辑王文萍女士以及上海市精神卫生中心张明园老师的大力支持。

最后，十年出书得益于华夏出版社"出书、出人、出思想"的新理念，更得益于该社陈小兰女士十年如一日的鼎力支持。倘若没有这些贵人的赏识与襄助，"医道与人文"三部曲恐难在华夏大地问世，在此一并致谢。

2021 年 3 月写于春意盎然的花城

上篇
散 文

穿越历史，走进现代，走向后现代

——从社会文化视角俯瞰精神障碍

> "医学之外，一个医师也需要人文的熏陶，以免流于褊狭。"[①]
>
> ——威廉·奥斯勒

开篇：从混沌中来

从鸿蒙初开到人类登场，从茹毛饮血到美味佳肴，经过了悠悠岁月，漫漫长路，文明出现了。继而，疯狂（madness）或精神错乱也伴随着人类的历史演进产生了。

欧洲和南非考古学家的研究发现，早在公元前8000年的新石器时代，就有凿开了洞的颅骨。于是，一些历史学家推测，这可能是当时社会中拥有"法术"之人以石头为工具，对那些出现异常行为的人施行了"钻颅术"（trephination），以便让"邪恶的精灵"离开其躯壳，从而达到治疗精神错乱的目的。

一门相关学科——精神医学的诞生、发展与壮大离不开西方文明的发展轨迹。让我们游弋于历史的长河，从欧洲文明的源头——湛蓝色的爱琴海说起。

[①] 威廉·奥斯勒著.《生活之道》，日野原重明、仁木久惠编注，邓伯宸译，桂林，广西师范大学出版社，2007年，第349页。

爱琴海

公元前 1200 年～公元 5 世纪

古希腊罗马时期：精神医学的诞生

相传，希腊神话中的尼俄柏是底比斯王安菲翁的妻子，因生有七子七女而十分骄傲，并由此傲慢地嘲笑太阳神阿波罗的母亲女神勒托只生下一儿一女，还阻止底比斯人向勒托奉献祭品。女神勒托故此大怒，命令儿子阿波罗用箭射死尼俄柏的七个儿子，女儿阿耳忒弥斯射死她的七个女儿。因此，尼俄柏成为西方文学史上痛苦、悲伤和忧郁的象征。

有人说，当东方的古巴比伦文明、古埃及文明、古印度文明及古中国文明兴起、辉煌的时候，古希腊才刚刚从黑暗中睁开眼睛。然而，不久之后，它却在汲取其他文明的基础上奠定了欧洲文明的宏伟基石。蔚蓝的天，湛蓝的海——爱琴海孕育了高贵、静穆的希腊人，缔造了人类的"蓝色文明"。

从爱智慧的哲人到追求和谐、优雅的美感，从城邦的创建到西医的诞生无不涵盖在内。

精神医学诞生了。

西方医学之父——古希腊的希波克拉底提出人体内充满四种体液：血液、黏液、黄胆汁和黑胆汁。精神错乱的出现则反映出这些体液的不平衡。他首次把精神错乱划分为忧郁症、躁狂症和偏执狂等，并指出忧郁症是人体

爱情女神阿佛洛狄忒

内的黑胆汁过多，其基本特征是持续的忐忑不安、害怕及落落寡欢。审美、睿智与敏感的古希腊人很早就看出忧郁症与躁狂症是一种疾病的两个侧面。

在古希腊，不仅医生诊疗疾病，哲学家对此亦颇有兴致，尤其是关于"天才与疯狂"的话题。

哲学家柏拉图认为，疯狂有两类，一类是源自人类疾病的疯狂；一类则是受到神灵影响的疯狂。后一种疯狂又表现为预言的、仪式的、诗歌的及色情般的疯狂。[①] 显然，无论是德国诗人荷尔德林还是荷兰后期

---

① 柏拉图著.《柏拉图全集》（第二卷），王晓朝译，北京，人民出版社，2003年，第184页。

印象主义画家凡·高，他们在精神失常之后的艺术作品更显示其独有的艺术魅力。

在素有"现代心理学鼻祖"之称的哲学家亚里士多德看来，大艺术家、哲学家、作家和政治家比常人更易患忧郁症，并用宣泄法疏导其久久压抑的情感。当好战的罗马人征服了希腊人后，却被它灿烂的文明所折服，进而继承、发扬了古希腊人开启的人文学科之先河，力求通过教育提升人的全面发展。

尼俄柏的痛苦

古罗马杰出的医学家盖伦认为，人类用以思考的部位是脑而非亚里士多德所说的心脏，他用拉丁文撰写的《论忧郁》影响西方医学数千年。

当我们沉浸于古希腊罗马历史的同时，不难发现芸芸众生的故事真实感人，就连神的故事亦是那么可歌可泣。透过艺术，我们精神科医生看到了古希腊神话故事中流露出的痛苦、悲伤与忧郁的情绪。

公元5世纪~公元15世纪

中世纪巫术之锤

这个时期，精神医学以及"疯狂"的人们滞留于漫漫的黑夜里，没有了光。

公元476年，显赫一时的西罗马帝国在内困外扰下灭亡了。欧洲社会从此进入了神权统治的黑暗时代。精神错乱者再次被视为魔鬼附体而遭受残酷的迫害。

尼德兰画家希罗尼穆斯·博斯的一幅名叫"愚人治疗"的油画非常著名，它再现了中世纪精神错乱者的真实情境：一名头戴"智慧漏斗"的外科医生采取开颅的方式，把"邪恶的精灵"释放出去，患者旁边伫立着修道士与修女。

愚人治疗

更为严重的是，在由两位修道士于1487年出版的《巫术之锤》一书中，人们把巫师看成敌人，并将他们迫害致死。事实上，被迫害致死的巫师很多是具有癔症样表现或充满性幻想的女性。可以说，该书是精神医学史最早的指南之一，但不是治疗精神错乱者的指南，而是迫害他们的手册，先后使数百万女巫命丧黄泉。

巫术之锤

公元 14 世纪~公元 17 世纪

文艺复兴时期：人文主义思想涌现

> 公元 14 世纪伊始，随着文学、绘画、雕塑、音乐等领域一大批人文主义巨子的出现，中世纪"伴着沉重的打击和黯淡的悲伤结束了"。
>
> ——T. S. 艾略特

人文主义显然与人文学者、人文学科密切相连。它倡导对人文学科包括语法学、修辞学、诗学、历史学和道德哲学的研习。

意大利的"诗圣"弗兰齐斯科·彼特拉克竭力倡导阅读古典希腊文和拉丁文经典著作，由此拉开了文艺复兴的序幕。文艺复兴横跨整个欧洲。这场文化运动凸显人性地位，反对神权统治，赞赏个人主义和世俗价值，涌现出像达·芬奇那样震古烁今的巨人。

正如英国文艺复兴时期伟大的戏剧家和诗人莎士比亚所说，人类是"宇宙的精华，万物的灵长！"荷兰人文主义学者伊拉斯谟在 1511 年出版的《愚人颂》中，将疯狂视为人类特有的权力，显露出人道主义的精神，折射出人类对疯狂的包容。于是，中世纪"伴着沉重的打击和黯淡的悲伤结束了"（T. S. 艾略特）。

在西方绘画史上，丢勒的一幅郁郁寡欢的自画像折射出双重的含义：绘画视角从中世纪至高无上的神转向现实生活中的人，同时又流露出丢勒内心世界的淡淡忧愁。

直面内心的自画像

公元 17 世纪~公元 19 世纪

近代与现代：现代精神医学的建立

法国医生比奈打开精神错乱者身上的枷锁，拉开了现代精神医学的序幕。但人类文明的演进并非线性发展，理性的进步让疯狂或非理性付出了沉重的代价。

如果说，17 世纪以法国哲学家笛卡尔、德国科学家开普勒、意大利科学家伽利略、英国科学家牛顿等欧洲众多学者为代表，开启了理性与科学的时代，标志着人类文明史上的又一次大飞跃，那么，18、19 世纪则分别是思想启蒙和思想体系的时代。

与之相伴随的是，现代精神医学诞生了。

在 18 世纪法国大革命的背景下，以法国医生比奈打开精神错乱者身上的枷锁为象征（1793 年），不仅开创了精神医学史上的"道德治疗"（时至今日仍有现实意义），亦拉开了现代精神医学的序幕。

比奈革命

19 世纪初，现代精神医学才真正成为一门建立在解剖学和生理学之上的医学学科。这个学科的建立，一大批富有哲学头脑的德国学者功不可没。奈尔于 1808 年创造了现代医学学科中使用的精神医学 psychiatry 一词，强调 psychiatry 的根本是以医学为主，而不是以哲学、神学或宗教为主同时注重躯体与精神的连续性。格里

比奈革命

辛格则认为，每一种精神病都不过是脑部疾病的表现，这使格里辛格成为生物精神医学的奠基人。

更令人仰止的是，克雷丕林不仅奠定了现代精神医学中的分类学，亦开启了跨文化精神医学之先河，从而赢得了"现代精神医学之父"和"跨文化精神医学之父"的双重美誉。而哲学家康德、雅斯贝尔斯则为精神医学的症状学做出了重大的贡献。

克雷丕林

福柯

然而，在当代法国思想家福柯看来，人类文明的演进并非线性发展。可以说，理性的进步却让疯狂或非理性付出了沉重的代价，"疯子"或被社会遗弃或被社会疏离。14～17世纪的"愚人船"满载着精神错乱的人四处漂泊，驶向了永无完期的旅途。17世纪以后，坐落在郊区的疯人院却把精神错乱者与正常人群隔离开，无论是愚人船还是疯人院，都体现出理性思维下的社会排斥。19世纪初期西班牙画家戈雅的一幅油画，真实地再现了当时的疯人院。

愚人船

疯人屋

铁门、铁窗幽闭着人们的躯体，禁锢着人们的心灵。

公元 20 世纪之一

现代：现代精神医学的发展（上）

从 20 世纪初到中叶，从弗洛伊德的精神分析到锂盐和氯丙嗪的发现，再到"非住院化运动"的开展，精神医学的发展开始进入"加速期"，精神病患者的生存状况得到了前所未有的改善。

进入 20 世纪后，精神医学开始蓬勃发展。世纪之初，弗洛伊德将人类的梦境、潜意识等心理活动引向了非医学、神话和性，成为泛性主义的代表。而精神病患者比尔斯则在众多学者的支持下，于 1908 年在美国成立了世界上第一个精神卫生组织，以捍卫精神病患者的合法权益。

20世纪中期,出生于葡萄牙的莫尼茨医生和美国弗里曼医生分别开始为精神病患者实施脑白质切除术。在他们看来,精神疾病主要是额叶功能的异常,从而使脑白质切除术被广泛用于精神分裂症的治疗。到1950年,弗里曼完成了2400例脑白质切除术,平均每15分钟完成一例手术。后来,他被视为脑的教条主义者。更不可思议的是,莫尼茨医生还因脑白质切除术而与他人一起荣膺1949年诺贝尔医学奖。由此看出,无论是单纯的生物精神医学还是心理学,都有可能犯下专业偏见的错误。其实,澳大利亚人凯德在同年发现的锂盐,不仅能有效地治疗、预防躁狂症,还挽救了众多患者的生命。他和后来丹麦的肖医生才是理应获此殊荣的人。

同一时期,两位法国医生迪莱和德尼克偶然发现氯丙嗪能有效治疗精神分裂症,由此拉开了精神药理学革命的序幕。尤其是进入20世纪70年代以后,随着对精神药理学研究的深入,克雷丕林的分类学得到了初步验证,众多的患者、家属乃至精神卫生工作者看到了曙光。众多患者得到了更好的治疗,"非住院化运动"还使众多患者从幽闭的精神病医院返回社区和家中;

法国医生 J. Delay 和 P. Deniker
由法国圣安娜医院提供

精神卫生服务范围亦更为广泛，法国的地段化服务（1947年）、英国的社区照管（1957年）、美国的社区精神卫生中心条例（1963年）、意大利的精神卫生保健法（1978年）及世界卫生组织的精神卫生全球行动计划（2002年），均为广大精神病患者提供了更好的医疗服务与人道关怀。

公元 20 世纪之二

现代：现代精神医学的发展（下）

20世纪精神医学快速发展，人们逐渐认识到生物医学模式的局限性，并由此提出了"生物—心理—社会医学模式"，但这三个部分的发展并不平衡。

在20世纪，强调精神障碍的一元论和生物还原论的生物医学模式进展迅速。遗憾的是，绝大多数精神病的病因不清不楚，仍停留在精神障碍而非精神疾病的医学层面上。尽管学者们力图在基因、神经递质的层面揭示精神障碍，但数十年过去了，精神障碍依旧是病因不清、机理不明，甚至从两千多年前的"体液的不平衡"假说，转入了当下盛行的"脑内化学物质的不平衡"假说。

由于生物医学模式并不完善，1977年，美国医生恩格尔在前人的基础上提出生物—心理—社会医学模式，主张将精神障碍放在微观与宏观的基础上进行研究，并取得了显著的进展。

然而，该模式仍有不足之处。从文化精神医学的视角看，并非所有的精神障碍都包含着生物—心理—社会的因素，一种疾病谱系的观点可能更为可取：一端是以生物学因素为主，如库鲁病和症状性精神病；一端是以社会文化因素为主，如贪食症等。

同时，在"真实"的社区中，没有处方权的精神卫生工作者（护士、社会工作者以及心理咨询师）并未发挥出应有的作用。医药公司的"过分"强势，强化了生物学因素在该模式中的作用。2002年美国《时代》周刊登出的封面，就质疑为什么有如此之多的少年儿童被诊断为双相障碍。

少年儿童与双相障碍

此外，精神医学既客观又主观，而循证精神医学往往反映出患者的客观性，却忽视了主观性。近年来，有学者统计，在发表有关双相障碍的精神医学杂志中，有90%的内容涉及生物学或精神药理学，这反映了以客观为基础的偏倚。

公元21世纪至今

当代：走向后现代

尽管20世纪科学技术迅猛发展，人类却依旧摆脱不了生存或存在所受的威胁；尽管20世纪的精神医学在分子遗传学、神经影像学和精神药理学方面有了快速发展，但对精神障碍的病因的探索仍处于"黑箱"阶段。

穿越历史，不知不觉地来到了后现代。它并非时间上的概念，而是一种文化思潮与思维方式，是一次人类思想史上的超越。

后现代发轫于 19 世纪末、20 世纪初，崛起于 20 世纪 60 年代的法国。其在哲学上否认一元论、绝对论和纯粹理性，推崇多元论、相对论和兼顾逻辑与情感。可以说，无论是德国哲学家尼采还是法国思想家福柯，都敏锐地看到了真理的相对性，并为"非理性"振臂高呼，这为人类的情感活动争得一席之地。

20 世纪人们发现，尽管科学技术迅猛发展，人类却依旧摆脱不了生存或存在所受的威胁，如工业化带来的环境污染、高科技时代的核威胁、商业主义下的异化与沦落。

20 世纪的精神医学尽管在分子遗传学、神经影像学和精神药理学方面有了快速发展，但对精神障碍病因的探索仍处于"黑箱"阶段。"反精神医学"、"批评精神医学"的声音依然存在，"被精神病的现象"时有发生。这一方面是由于精神医学尚未建立起诊断的"金标准"，另一方面，也是医生超越医学本身的权力或社会控制的结果。

在临床工作中，针对精神障碍症状群而非疾病本身的"大包围式"治疗并不鲜见，治疗率低的现象仍是当前不争的事实。令人欣慰的是，2010 年《自然》期刊编辑坎贝尔撰文称，科学将可能迎来"精神障碍的 10 年"，美国国家精神卫生研究院的主任因赛尔等人亦在 2010 年《JAMA》上发表述评，提出精神疾病很可能是神经发育性障碍，并指出在未来的 10 年，应用基因组学和神经科学的理论和技术将进一步揭示脑环路障碍，从而改变精神医学研究与临床实践的方向。而脑网络研究的诞生、转化精神医学的应用则会让人们更好地了解"受损"的脑。

然而，仅从生物医学的角度探索精神障碍仍旧不够，高科技下的脑扫描并不一定能洞见心灵的奥秘。数千年的经验证明，人不是机器。

因此，在运用科学方法研究脑的同时，还要从社会、文化的角度理解意义、语境等对人类的知、情、意的影响。美国同行更多地引领于前者，而法国精神科医生则更好地传承了后者，擅长将心比心、以心传心。在精神医学中单纯采用人文主义的方法而忽视神经科学的研究是危险的，完全采用神经科学的研究而忽视每个人的存在则是不够的。我们不仅要深入研究"呼吸着"的人、患病中的人（生物医学），亦要透彻地理解"存在着"的人、苦难中的人（社会科学）。

20世纪英国科学家、小说家查尔斯·斯诺告诉我们，人类需要两种文化：自然与人文。

21世纪《斯堪的纳维亚精神病学学报》特邀客座编辑博尔维格（2006年）亦提醒我们，当今的精神医学处在一个巨大科学成就的时代，但仍需要从人文科学和艺术中汲取洞察力，这是因为它们透过截然不同的视角能弥补医学科学和技术的不足。

后现代精神医学的显著特征是"终结有关疯狂的理性独白"。尽管后现代精神医学存在争议，但他们倡导并采用开放的态度、多元的方法探索"脑与心灵"的奥秘还是值得借鉴的。

我们从三幅弥足珍贵的、不同历史时期的照片中可以看出，精神病患者从被监管到被照管再到被主管①，已走过漫长的两百多年。这种文明的演变不仅仰仗于科学的进步，更离不开人类思想的解放。

照管精神障碍患者

---

① 该照片显示在法国北部城市鲁贝由精神障碍患者自己创办的广播电台（见下页）。

精神卫生服务使用者

后现代精神医学倡导的是：伦理、科学与经验。

一以贯之的是，弘扬科学思想，闪耀人文精神。

尾声：到混沌中去

也许，远古的人类来自混沌，经过漫漫长路、悠悠岁月，又回归于另一种混沌。其间却充满探索与发现，充满奋斗与抗争，充满爱与恨。精神医学作为一门特殊的学科不仅隶属于临床医学，亦与哲学、艺术乃至政治与人权等人文领域紧密相关。

因此，精神卫生工作者应时刻谨记于心的是：科学与人文缺一不可。

或者说，精神卫生工作者应拥有科学的头脑与慈悲为怀的心。

[原载《中国医学论坛报》2012年第38卷（3）期]

穿越历史，走进现代，走向后现代

——从社会文化视角俯瞰精神卫生机构的演变

精神医学具有双重属性——医学的与社会文化的，前者更多体现在医学上的诊疗活动中，后者侧重于反映当地社会文化的包容与接纳程度。

开篇：精神病患者的命运千回百转

精神病患者的命运随着人类历史的发展跌宕起伏、千回百转，从将他们囚禁于家中，到回归于家中，对于精神病患者的治疗历经数千载。从最大化的囚禁到最小化的限制，其命运的这种螺旋式变化，不仅归功于科学技术的进步，更有赖于人类思想的解放。

公元前 1200 ~ 公元 5 世纪

文明初始，晨曦微露，路漫漫，岁月悠悠。

古希腊罗马时期：被囚禁于家中

蔚蓝的天，湛蓝的海，水天一色。

她就是闻名世界的爱琴海。

爱琴海不仅孕育了高贵、静穆的希腊人，缔造出人类的"蓝色文明"，亦随即开启了精神医学之先河，希波克拉底成为精神医学的开山始祖。不少精神错乱者得到"放血"、"催吐"和"导泻"等医学上的治疗。古希腊的神庙令人向往，不仅彰显出众神之灵、典雅之美，成为后人的雕塑与建筑的楷模，亦常因为神庙的资金雄厚、环境优雅、空气清新，在其周围建立起剧场、竞技场、旅舍等公共设施，少数精神错乱者有幸在神庙或附近获得僧侣的代祷、暗示以及饮食、沐浴和按摩等治疗。

在古希腊神话中，阿波罗之子阿斯克勒庇斯是医药与康复之神，后又被古罗马人奉为医神之王，其神庙对于精神错乱者具有治疗作用。公元4世纪，古罗马已有监管精神错乱者的地方，但并不为社会所重视。当时，无论是希腊抑或罗马均未有明确的社会责任意识来照管他们，于是，大部分重症患者只能被囚禁于家中，饱受心灵磨难，丧失人身自由。

医药之王

公元 5 世纪 ~ 15 世纪

公元5世纪，欧洲社会进入了神权统治的漫漫黑夜；公元7世纪，伊斯兰教诞生，人类文明在艰难中匍匐前行。

中世纪：异端裁判所、疯人塔、收容院

公元5世纪，随着西罗马帝国的崩溃，渐渐形成以拜占庭帝国为主体的西方文化体系，欧洲社会进入了神权统治的漫漫黑夜。西方医学亦由此日渐式微，精神错乱者再次被视为魔鬼附体而受到异端裁判所的残酷迫害，先后有数百万女巫命丧黄泉，其中不乏众多精神错乱者。与之相类似的是，在德国出现了疯人塔，将所谓"庇护魔鬼"的精神错乱者囚禁其中。

安亚索非亚博物馆

对精神错乱者的迫害

然而，公元7世纪，人类历史上诞生了与拜占庭迥然不同的另一种文明——兴起于阿拉伯半岛的伊斯兰教，其医学不仅继承了古希腊罗马

的思想，对待精神错乱者亦更具宽容与人道，主张照管精神错乱者是社会的责任，并先后在一些阿拉伯国家如伊拉克的巴格达（750年）、埃及的开罗（873年）、叙利亚的大马士革（800年）、阿勒颇（1270年）以及被伊斯兰教统治的西班牙之城格拉纳达（1365年）建立了收容院或称为避难所的地方。

从历史上看，收容院是给贫困者、无家可归者、精神错乱者提供庇护和支持的各类机构。尽管这些机构为精神错乱者提供了遮风避雨的场所，但这些场所很少提供医疗上的照顾，更多的是起到监管他们的作用。人类的文明在艰难中匍匐前行。

公元14世纪～17世纪

> 疯人院并未得到文艺复兴之光的照耀，禁闭与放逐成为当时西方社会对付这些精神错乱者的主要手段，理性的时代让疯癫付出了沉重的代价。

文艺复兴时期：愚人船、疯人院、疯人屋

在人类的历史长河中，可以说，意大利文艺复兴运动是继古希腊文明之后的又一个灿烂辉煌的时期。它最大的贡献就是反对"神权"统治、提倡"人性"解放、强调人的全面发展，医学也随之迎来了较大的发展，无论是解剖学的完善还是血液循环的发现皆足以彪炳史册。然而，对于精神错乱者的诊疗与研究却举步维艰。

17世纪瑞士医生普拉特（1602年）编写了首部论述精神医学的书——《实践医疗》，书中依旧强调魔鬼对引起精神错乱具有主要影响。因此，精神错乱者依然未看到希望的曙光，他们甚至被装上"愚人船"

随波逐流、背井离乡，驶向了永无完期的旅途。

愚人船

在这一时期，不少收容麻风病人的机构随着麻风病患者的急剧减少而"让位于"收容精神错乱者，或者说，"贫苦流民、罪犯和'精神错乱者'将接替麻风病人的角色"①。此后不久，西班牙的巴伦西亚（1409年）率先设立了专门收治精神错乱者的机构——疯人院。之后，英国伦敦的贝特莱姆医院亦由一家综合医院经过两百余年的演变成为专门收治精神错乱者的机构（1547年），即当地有名的"Bedlam"，意为疯人院。

疯人院

遗憾的是，疯人院并未得到文艺复兴之光的照耀，甚至这些机构成为当地旅游的收费景点，为观光者提供另类"观赏"，患者身陷牢笼、枷锁在身，不时语无伦次、行为古怪。

参观疯人院

同样，在法国作为总医院之一的比塞特尔医院（1656年），"参观疯子一直是巴黎塞纳河左岸的市民的周末娱乐项目之一"。这种所谓的

---

① 米歇尔·福柯著.《疯癫与文明》，刘北成、杨远婴译.北京，生活·读书·新知三联书店，2012年，第9页，第69页。

总医院甚至成为拘禁精神错乱者、赤贫者、流浪汉和犯罪者等社会"非生产者"的场所，更多带有监禁这类人的性质。

除此之外，精神错乱者或到处流浪或囚禁在家或被送入私人监管的疯人屋。禁闭与放逐成为当时西方社会对付这些精神错乱者的主要手段，理性的时代却让疯癫付出了沉重的代价。

18 世纪～20 世纪中期

> 以法国医生比奈打开精神错乱者身上的枷锁为象征，标志着古老的疯人院逐渐转变为一种新的精神卫生机构——精神病院。

近现代：精神病院、精神病医院

18 世纪的启蒙运动谱写出人类思想解放的华彩篇章，涌现出灿烂夺目的思想与哲学巨匠。

他们在医学史上亦占有显著的地位，尤其在 18 世纪末、19 世纪初拉开了现代精神医学的序幕。以法国医生比奈打开精神错乱者身上的枷锁为象征，标志着古老的疯人院逐渐转变为一种新的精神卫生机构——精神病院。在这样的机构中体现了"道德治疗"的意义：通过教育、说服或劳动等方式来减轻精神病患者的症状，显示出人道主义的关怀。此后，英国、德国、美国等国的精神病院均有所效仿，工疗、农疗和娱疗初露萌芽，甚至有人认为，恬静、优雅的花园环境会疗愈患者的病痛。

尽管在不少机构中，患者受到仁慈博爱般的照顾。但长期以来，精神病患者尚无良药可医，久病不愈，这不仅让医护人员倍感失望，虐待患者的丑闻也时有发生，精神病院常被描绘成远离城市、肮脏不堪、空气污浊和光线昏暗之地。美国社会学家欧文·戈夫曼①（1961年）甚至将精神病院形容为"总控机构"，意指这些机构除了精神病院之外，还包括监狱、修道院、孤儿院、寄宿学校和军队组织，它们都强制性要求其中的人员适应"有组织"和"有纪律"的集体生活。②

从社会文化角度审视，无论是"大禁闭"或是"总控机构"，皆象征着人类出于某种需要，运用理性与强力的手段对"另类"人群的操控与管理。

所幸的是，20世纪中期，由于欧美精神药理学的崛起，大多数精神病患者得到了有效的药物治疗，因此，从这个时期之后精神病院才成为真正意义上的专科医院——精神病医院。这种专科医院采用药物治疗、电抽搐治疗以及心理社会干预等多种治疗手段，消除或减轻了许多患者的疾苦。此外，少数医院虽然远离城市，却有宁静、氤氲的乡村环境，甚至里面不时传来悠扬袅袅的琴声，这让一些患者、家属看到了医学与人道之光。还有英国治疗性社区（1946年）和法国地段化（1947年）的诞生，皆为慢性精神病患者"穿越高墙"、走出封闭式医院、回归社区奠定了基础。而20世纪后现代主义思潮为当代精神卫生服务的构架提供了哲学上的意义：多元与包容。

---

① 欧文·戈夫曼（Erving Goffman，1922～1982年），又译为厄文·高夫曼，美国当代著名社会学家，其主要代表作为《日常生活中的自我呈现》、《精神病院》和《污名》等。
② 厄文·高夫曼著.《精神病院》，群学翻译工作室译，万毓泽校.台北，群学出版有限公司，2012年，第1-132页。

20世纪中期至今

三种类型精神卫生机构的并存揭示出当今人类文明社会的美好愿望,我们可以相信,当代精神医学将在21世纪迎来科学与人文的希望之光。

当代:从一种机构线性发展到三种机构并存

自20世纪50年代中期以后,精神医学风起云涌,英国社区照管的提出(1957年)、欧美等国"去机构化运动"的倡导(1950年代)、精神药理学的深入研究,促使精神医学迎来了历史发展的巅峰时刻。

拆除精神病医院的围墙

尤其是20世纪80年代以后,经济发达国家如美、英、法、德、意大利等率先完成了精神卫生机构的转型,从单一的收容院、疯人院再到精神病院、精神病医院的线性发展转向了精神病专科医院、综合医院精神科与社区精神卫生服务机构三者并存的新局面,更好地体现了联合国(1992年)提出的"人人都有权获得优质的精神卫生服务"的宏伟目标。

尽管意大利第180

废弃的精神病医院

号立法（1978 年）强调要废除精神病医院，但是，作为精神卫生服务的基础，精神病专科医院仍发挥着不可替代的作用。与此同时，提倡在综合医院设立精神科，其主要的目的在于提供服务的可及性，快速缓解患者的精神症状，避免"长期住院综合征"，尽量使精神障碍医学化，减轻与之有关的病耻感。

半个多世纪以来，社区精神卫生服务秉持公共卫生的理念，不仅在初级保健中关注精神病患者的临床症状与康复，更将他们置身于广阔的社会文化背景中，充分考虑他们的住房、社会福祉、自救组织以及宗教信仰等。

我的老友，当代英国乃至世界社区精神卫生服务的扛鼎之人，伦敦国王学院精神医学研究所桑尼克罗夫特教授（2009 年）为我们列出了众多社区精神卫生服务机构：门诊、日间医院、危机之家、康复机构和以社区为基础的各种寄宿公寓。

例如，上面所说可见于欧美国家的危机之家——索特里亚之家，更多地采用社会心理的方式化解精神病患者的危机，帮助他们发展、学习与成长。

在历史上，如果说以哲学著称的德国人注重疾病研究，开创了生物精神医学的先河，那么，以思想闻名的法国人则热衷于机构改革，描绘出社会精神医学的绚烂篇章。

以法国当代精神卫生服务机构为例，除了最为重要的心理医疗中心之外，还提供全日制住院治疗、日间医院/夜间医院、各种临时住所等多种服务，这些服务机构折射出精神卫生领域医学干预与人性化关怀的有机结合。

心理医疗中心　　　　　　　　缩减的全日制住院治疗

日间医院　　　　　　　　　　多人居住的临时住所

单人居住的临时住所　　　　　没有围墙的精神卫生机构

回溯往昔，精神医学走过了崎岖坎坷的道路，虽然当下精神医学依旧"路漫漫其修远兮"，精神病患者仍时有浪迹街头或身陷囹圄，但不难看出，三种类型精神卫生机构的并存揭示出当今人类文明社会的美好愿望——要在"最小限制的环境中"为精神病患者提供最佳的服务和最有效的治疗，从而使他们能够发挥自身潜能，向其最美好、最灿烂的人生目标迈进。

记得 18 世纪英国诗人华兹华斯说过："能活在那黎明时光是何等幸福。"

我们可以相信，当代精神医学将在 21 世纪迎来科学与人文的希望之光。

尾声：先哲的告诫

古希腊哲人柏拉图告诉我们："真理和知识都是美的，但善的理念比这两者更美。"① 中世纪的彼特拉克亦教导我们："愿意为善要优于明白真理。"②

作为当代精神卫生服务的载体，各种机构不仅体现出医学循证与临床经验，更彰显了人类社会的善。在后现代主义看来，真理是相对的，知识是有限的，价值是多元的。在全球化的大背景下，如何兼顾精神障碍的医学化与非医学化，如何平衡专科医院与社区服务，如何传递遵循伦理原则、科学有效并符合当地实际的精神卫生服务，如何维护患者的自由与顾及公众的安全等等，皆是新世纪所面临的种种挑战。

[原载《中国医学论坛报》2012 年第 38 卷（49）期]

---

① 柏拉图著.《理想国》，郭斌和、张竹明译，北京，商务印书馆，1986 年，第 267 页。
② 唐纳德·卡根、史蒂文·奥兹门特、弗兰克·特纳著.《西方的遗产》，袁永明、陈继玲、穆朝娜等译，上海，上海人民出版社，2009 年，第 326 页。

旅法散记

——我在法国度"蜜月"

金秋十月,枫叶红了。

火红的季节,火红的心情。

2010年,我有幸荣获法国政府提供的奖学金,从北京再赴美丽的法兰西,深入考察其精神卫生服务体系。虽然时间短暂,却让我度过了一个美妙难忘的文化蜜月。

在旅法期间的一个月,无论是与法国精神科医生的专业交流还是参观画展、欣赏歌剧,都让我们彼此产生了共鸣。虽然我们服务于不同的国家,但我们却有着共同的理想与事业;虽然我们来自不同的文明,但我们却有着艺术灵性的相通;虽然我们远隔千山万水,但我们却有着彼此的向往。下面与大家分享。

一、艺术的精神医学之地

依我之见,法国精神医学在世界精神医学历史上占有极其重要的地位。从近代哲学的始祖法国哲学家笛卡尔开创的近代心理学到法国医生比奈大胆地解除精神错乱者的枷锁;从社会学家杜尔凯姆的《自杀论》到法国思想家福柯的精神障碍文化观;从法国两位精神科专家迪莱和德尼克的氯丙嗪"药物治疗"再到法国社区的"地段化治疗"都极具革命性,有着划时代的深远意义。这是我再次造访法国的主要缘由之一,可谓"高山仰止,景行行止"。

通过对乔治·马聚雷勒医院和里尔精神卫生公立医院的考察与学习,我深刻地认识到区域卫生规划、地段化建设以及心理医疗中心发挥出的重要作用;透过这些体系及其功能,我深刻地体会出精神卫生工作者对使用者无微不至地关爱和持续性地照管。例如,在这些医院,我看到人性化的关怀和花园式的环境,这里充满大自然的阳光与芬芳,尤其是马聚雷勒医院那令人陶醉的、橙黄色的晨曦,使我想到了英国"湖畔派"诗人华兹华斯的诗"能活在那黎明时光是何等幸福"。

马聚雷勒医院的黎明

在社区,医疗服务团队主动走进患者的家园,让我真正感受到精神卫生服务的可获得性与可及性,尤其是拉罗什市中心举办的精神病患者艺术画展,更令我敬佩与赞叹。透过这些画展,我看到了患者的"美丽心灵"。这里充满着人生的色彩与美丽。

在鲁贝,我看到由患者自己建立的广播电台,倾听他们的"心灵之声"。这里充满着人生的旋律与美丽。

透过这些现象,我感受到法兰西"自由、平等、博爱"的理念如何在精神卫生领域中体现。

如果说"精神医学既是科学的,又是艺术的",那么,依我之见,美国更多地代表了当代精神医学的科学性,法国则更充分地体现出精神医学的艺术性。

这种艺术性无不散发着人文主义思想的光芒,甚至更加突显出护理工作的重要性。我的这次访问将使我力求把法国精神卫生的精髓、乔治·马聚雷勒医院、里尔精神卫生公立医院的管理经验与服务理念带回中国、带到广州,尤其是在广州"'十二五'区域卫生规划精神卫生子规划"中融入法国地段化的理念,进而有利于广州的公共卫生事业,并让这项事业在花城绽放出人性的"美丽之花"、集结出丰硕之果。

二、汇聚"雅典与罗马"之美的文化

我对法国文学、艺术以及哲学的喜爱与仰慕由来已久。

在读大学期间,自由的时间让我知道了自由的思想,美丽的色彩让我看到了美丽的心灵。我还拜读了从蒙田到卢梭,从伏尔泰到拉康,还有萨特和波伏瓦以及雨果、大仲马、莫奈与罗丹等名家的大作。这也是我对法国"心向往之"的主要理由。

欧洲文明起源地之一便是处于蔚蓝色爱琴海岸的古希腊以及后来的

古罗马。从民主的理念到西医的诞生,从法的精神到艺术的展示无不涵盖,它们奠定了当代西方社会文明的基石。而法国则很好地传承与发扬了这种古典文明。正如雨果所说:"法国同希腊和意大利是同样优异的民族。论美,她是雅典型的,论伟大,她是罗马型的。"(雨果著.《悲惨世界》(下),郑克鲁译.上海译文出版社,2010年,第1140页。)

尤其是18世纪以后,法国在闪光的思想、优美的文体、风雅的生活等方面都充当起欧洲的老师。德国大文豪歌德认为,法国人是世界上最有文化教养的人。在非常自负的德国哲学家尼采看来,上帝只把天使般的语言赏给了法国人。在俄罗斯文学巨匠列夫·托尔斯泰的笔下,俄国人以会讲法语为荣,而世界各地的艺术家、文学家乃至革命者犹如过江之鲫大批涌向法国,涌向奢华的巴黎。不仅如此,当今巴黎仍然是引领世界时尚的圣地。在香舍丽榭大街,各种名牌云集,尽显奢华与优雅。

短暂而又有愉快的时光,让我徜徉在神秘、魔幻的巴黎街头。有次我坐在塞纳河左岸的一家咖啡馆,喝了一杯浓郁的热咖啡,顿时在我的脑海中涌现出法国精神医学历史与革命的片段,甚至让我这个精神科医生也"闻到"了后现代主义的气息……

在伊凡·阿利米医生的陪同下,我有幸参观了奥赛博物馆、罗丹博物馆、蓬皮杜艺术中心和世界名人手迹博物馆等众多博物馆,而克里斯蒂安·穆勒医生则同我一起欣赏了杰出的巴洛克音乐代表人物之一亨德尔的歌剧《奥兰多》,让我领略了西方艺术的辉煌

与法国 Y. Halimi 和 C. Muller 医生合影

与绚丽，也使我懂得了历史的传承与保存。尽管我与阿利米、穆勒医生的交流并不么流畅，但我们在谈论马蒂斯、莫奈、罗丹、贾科梅蒂和凡·高等众多艺术家时却产生了难得的共鸣。我们都感到精神医学与这些艺术有着不少相通之处。在这里，你不仅从大师们的绘画或雕塑中看到色彩、光影、线条和块状，还可读懂人类所存在的孤独与激情。

当我再次拜访卢浮宫时，众多游客仍驻足在达·芬奇的《蒙娜丽莎》前与"神秘的微笑"合影留念。然而，我却在德拉克洛瓦的《自由引导人民》前伫立良久……

在人类文化史上，中法两国从思想到艺术，从美味佳肴到精美瓷器都曾达到过历史的巅峰，且有一定的相似性。这次我在巴黎看到法国人不仅喜爱蓝色、绿色和粉红色，对"中国红"也非常欣赏。在旺岱省中世纪古堡，你甚至会在其花园中不经意地读到中国唐代诗人皮日休的佳作：

"落尽残红始吐芳，佳名唤作百花王。
竞夸天下无双艳，独立人间第一香。"
这不禁让人沉醉在异国他乡。

三、无国界的友谊

这次造访法国让我充分体会出当地人精神饱满、热情好客和风趣幽默的特点，这些特点彰显出法国人独有的"work hard, but enjoy life"的生活方式。他们在紧张的工作之后便是享受灿烂的阳光、浓郁的咖啡、各式各样的香槟和葡萄酒，"这就是人生！"同时，竟也让我感到世界是如此之小。

尤其难忘的是，在护士长勒克莱尔的家里，我们共同度过了一个非常美好的夜晚。期间，我不仅享受到法国的美食，看到高大的、复制的兵马俑，还欣赏到她丈夫在中国录下并配有轻快乐曲的"兰州拉面"，它让我们同时捧腹大笑。他们还为我特意准备了写有"欢迎李教授"的大蛋糕，让人感到无比温馨。

在返回拉罗什市的路上，夜晚繁星闪烁，是那么明亮，使我联想到凡·高的不朽之作《星空》。阿利米医生在车上为我和他的太太放起了花腔女中音切奇莉亚·芭托莉的音乐新专辑，尤其是她演唱的"Cervo in Bosco"，让我感到清醇的美酒、美妙的音乐与灿烂的星空融为一体，我仿若天使在飞翔。

迄今为止我只碰到过两次中国协和医科大学神经科李舜伟教授，但都不是在中国，上次是在美国的圣地亚哥，这次是在巴黎见到，这种巧合真让人感到世界太小、太小。

在巴黎，即使你不会讲流利的法语，但只要会说"merci"（谢谢），"s'il vous plaît"（请）和"pardon"（对不起），还会坐地铁，就足矣。那你简直就是个地道的"titi"（长期生活在巴黎的人）。这个世界的确太近太近，只要你有心，世界的彼岸就在你面前。

在大皇宫，为了能看到难得一见的《莫奈艺术展》，我竟与其他参拜者一样在秋风瑟瑟中等待多时，阿利米医生送给我的围巾让我感到暖意融融。

莫奈的色彩、光线让人迷醉，即使再顶级的徕卡相机也难捕捉到这位印象派大师感受到的瞬间之美。莫奈不仅属于法国，他还属于世界。同样，在法国，你还会强烈地感受到肖邦不仅属于波兰、玛丽莲·梦露不仅属于美国，他们还同属于这个世界。

法国人是非常喜爱读书的民族之一，无论在地铁中还是公园的长椅上，你都可以看到人们在惬意地阅读。临别之际，我送给法国友人一套中国古典小说《红楼梦》，还有一本晋代书法家王羲之的行书《兰亭序》。在中国，它们都是空前绝后的艺术丰碑，也是中国人的骄傲。

最为兴奋的是，11月4日我在巴黎香舍丽榭大街见到了胡锦涛总书记访问法国，他在萨科齐总统的陪同下驱车穿过大皇宫与小皇宫驶往凯旋门，这让我感到无比亲切。

愿中法两国人民不断促进科技、医药、商贸和文化交流，愿中法两国人民的友谊长存。再见了，巴黎！

Au revoir, Paris!

［原载《侨时代》2013年创刊号］

罗马速写

——第 11 届国际双相障碍会议侧记：
天才与疯狂

提起意大利，人们会想到那气势宏伟的古罗马斗兽场、烟波浩渺的威尼斯水城、美妙绝伦的佛罗伦萨艺术杰作、举世闻名的比萨斜塔和引领世界的米兰时装秀。

古罗马斗兽场

说到罗马帝国，人们会联想起华丽壮观的圣彼得大教堂、历史久远的万神殿、沧桑凝重的古建筑以及巴洛克风格的城市群雕。

尤其是，每当我造访罗马时，总会如同其他初来的游客一样，无不为大师们巧夺天工的艺术杰作所震撼，那气魄宏伟、千姿百态的"特雷维喷泉"、"四河喷泉"常让我由衷赞叹。

其实，除了这些耳熟能详的文化遗产和时尚艺术外，在精神医学的历史上，无论是古罗马还是意大利，都曾书写过浓墨重彩的辉煌篇章。

古代哲学家卢克莱修的《物性论》，古代医学家盖伦的人体气质说、19世纪犯罪心理学家隆布罗索的犯罪说、20世纪精神医学家巴萨利亚的精神卫生理念皆有让人叫绝之处。

在西方文明史上，14、15世纪的意大利文艺复兴凸显了人的地位，强调了人的全面发展，使芸芸众生穿越神和英雄的时代回到人间，这对人类文明乃至精神医学产生了深远的影响。

在这样的文化背景与历史氛围下，意大利自然成为世界精神医学关注的焦点之一。2011年4月，国际双相障碍评论组委会在意大利首都罗马举办了第11届国际双相障碍会议，来自全球20余个国家和地区约800名精神科专家参加了这次盛会。中国代表团一行16人在北京大学精神卫生研究所于欣所长的带领下参会，其中有数位国内精神药理学界知名的领军人物。如司天梅、黄继忠、王刚等。值得一提的是，本次会议云集了世界各地长期从事双相障碍研究的顶级专家如昂斯特、阿基斯卡尔、库克森、汉图什、佩鲁吉、里默、斯旺、维塔、杨和杨斯罗姆等，可谓群贤毕至、少长咸集。各国专家的学术演讲在

太阳神阿波罗

久负盛名、拥有 400 余年历史的卡普拉尼卡剧院隆重举行,剧院门厅矗立着象征医学之神、艺术之神的阿波罗神的金色雕像。本次会议将"科学与艺术"的主旨推向了高潮,彰显出精神医学之特色。

与会期间,罗马天气时而阴郁沉闷,天空蒙上了淡淡的、青灰色的薄云,时而天清气朗,悬挂着一轮金黄色的斜阳,这与探讨双相障碍的两极性颇为吻合。

在多个专题研讨会中,有关"创造力与双相障碍"的主题最具人文气息,最引人瞩目,会场的气氛也异常热烈。其实,有关"天才与疯狂"的话题由来已久,它与精神医学的诞生、发展相随相伴。让我们循着西方数千年的历史,探索这亘古如新的谜题。

一、人文学者的观点

远在两千多年前的古希腊不仅诞生了医学之父希波克拉底,亦涌现出震古烁今的"哲学三杰":苏格拉底、柏拉图与亚里士多德。他们都曾断言富有创造力的天才与疯狂不无关系。例如"诗人无所创造,直到灵感迸发、理智丧失时,创造力才出现"(苏格拉底);"没有某种一定的疯癫,就成不了诗人"(柏拉图);"没有一个伟大的天才不是带有几分疯癫的"(亚里士多德)。尤其在亚里士多德看来,艺术家、哲学家、作家和政治家体内的"黑胆汁"过多,更易导致忧郁症。

欧洲文艺复兴时期的巨匠莎士比亚在《仲夏夜之梦》中写道:"疯子、情人和诗人,都是幻想的产儿。"[①] 以至于后来的英国诗人亚历山

[①] 莎士比亚著.《仲夏夜之梦》,见《莎士比亚全集》(2),朱生豪译,方平校.北京,人民文学出版社,1988 年,第 352 页。

大·蒲柏和法国作家乔治·桑认为"天才与疯狂，相隔如纸薄"。而德国悲观主义哲学家叔本华也认为，"天才常在走向疯癫的过渡中"。20世纪美国学者雷·韦勒克和奥·沃伦则觉得原始的诗人像巫师一样都属于"心神迷乱"型的人物。

可以说，在人文领域有关"天才与疯狂"的话题不胜枚举。此外，一些艺术家如诗人拜伦、阿尔蒂尔·兰波、艾伦·金斯伯格则主动寻求酒精、致幻剂的帮助，以激发其创作的灵感与激情、韵律与色彩，仿佛受到了古希腊酒神狄俄尼索斯的冥冥感召（事实上，这又使一些作家、视觉艺术家、作曲家等成为另一类精神障碍——物质滥用与依赖的高发人群）。

二、医学与心理学的探究

天才，顾名思义是指一个人独有的、卓越的创造力。这种创造力宛如上苍神赐的珍宝，凤毛麟角。它既可以展露在人文科学里，也能够表现在自然科学中，但在德国哲学家康德看来，天才更多地显露于前者。

在精神医学的历史长河中，意大利犯罪心理学家隆布罗索认为，天才是"一种退化的精神病"，与癫痫有关。德国神经科医生默比乌斯提出天才病迹学，即通过研究天才人物的传记及其作品专门探讨"疯狂与天才"的问题。精神分析鼻祖弗洛伊德则认为，创造性的天才具有神经症的征兆。

20世纪著名的阿黛尔·贾德、西尔瓦诺·阿瑞提、汉斯·艾森克、南希·安德瑞森和凯·雷德菲尔德·贾米森等精神医学家或心理学家，皆成为该研究领域的佼佼者，他们都试图寻找天才与疯狂之间的关系。

从既往的研究看来，德国诗人荷尔德林、瑞典作家斯特林堡和奥地利诗人特拉克尔、画家库宾都可能患有精神分裂症。然而，天才病迹学、精神医学和心理学的研究发现，一旦患有精神分裂症，其社会功能乃至创造力多半会有不同程度的损害或下降，甚至其审美力受到影响。因而，学术界更多地注意到双相障碍与创造性的关系。双相障碍是一类常见的精神障碍，又称躁狂抑郁症。典型的表现为时而过分兴高采烈、思维奔逸、精力过盛（躁狂相或轻躁狂相），时而郁郁寡欢、思维迟缓、四肢懒动（抑郁相）。患者的心境仿佛时而像酷暑般的难耐，时而又像严寒般的冰冷；本应恬静舒适的情绪却变得心浮气躁，本应情趣横生的生活却落得索然无味，真可谓冰火两重天。大约有 1.5% ~ 3.0% 的人罹患此病。

阿黛尔·贾德（1949 年）对 113 位德国艺术家、作家、建筑师和作曲家的研究发现，三分之二的研究对象生理上正常，而自杀、精神异常和神经质却明显高于普通人群，尤其是诗人（50%）的精神异常最高。而艺术家和作家的一级亲属（父母、子女和兄弟姐妹）更易出现自杀、环性情感障碍或双相障碍。

南希·安德瑞森（1987 年）对美国艾奥瓦大学 30 位作家的研究发现，比起医院管理者、律师和社会工作者，作家易患双相障碍和酒精中毒，他们的一级亲属亦有较高的精神疾病史。

凯·雷德菲尔德·贾米森（1989 年）对英国 47 位作家和艺术家的研究发现，他们因情感障碍而接受精神科治疗的比例远高于普通人群。

阿诺德·路德维格（1992 年）通过对 1004 位杰出人物的传记研究发现，有 8.2% 的人（包括建筑师、音乐作曲家、演奏家、演员和作家）有过躁狂相的体验，明显高于普通人群。

根据世界当代精神医学家 H. 阿基斯卡尔和 K. 阿基斯卡尔（2010 年）的估计，约有 8% 的双相谱系障碍（包括双相障碍及其有关的类型如环性情感障碍等）患者充满了非凡的创造力。同时，不少研究还发现，这种创造力更多地集中于强调审美活动的人文领域。或许躁狂尤其是发作时间短并不妨碍社会功能的轻躁狂，以及时低时高的情绪两极性波动（深刻体验与充分表现）铸就了这种少有的创造力。

三、结尾

无论是分裂症患者异常的感知觉，抑或是双相障碍患者情绪的跌宕起伏，皆可能成为其创造的源泉、灵感的再现和风格的形成，创造出像"布鲁克纳节奏"（安东·布鲁克纳）、"星空"（凡·高）、"呐喊"（蒙克）和"达洛维太太"（弗吉尼亚·伍尔夫）之类别具一格的传世经典。

尽管这类千年不衰的"天才与疯狂"的话题仍在探寻中，但可以肯定的是，"天才不是疯子"！虽然哲学家尼采、画家凡·高、音乐家罗伯特·舒曼、文学家伍尔夫、海明威等不少天才人物皆遭受着精神疾病的折磨，他们在照亮世界的同时却燃烧了自己；或者说，当康德在带领人们进行深沉的哲学思考、贝多芬在带给人间恢宏的交响曲的同时，却不幸罹患阿斯伯格综合征（一种以语言沟通、人际交往困难为主的精神障碍，多见于男性）。但大多数天才并无精神病理学上的表现，反之，大多数饱受精神疾病困扰的人也无超常的创造力。

当然，仅有小部分天才（尤其是患有双相障碍或双相谱系障碍）游走在"创造性与疯狂"之间。

当上帝为这些天才打开了一扇通往苍穹、通往艺术星空之窗的同时，却又悄悄地关上了另一扇通往世俗的大门。诚如世界当代知名的精神医学专家、双相障碍患者凯·贾米森在其《疯狂天才》一书中所言：

具有伟大想象力的艺术家向来"乘风破浪"，并带回文字、音乐或图像，"不知抵消了多少人间苦痛"。他们承受了超出常人的痛苦，值得我们用感激、理解以及认真的思考来回报他们。①

（原载《侨时代》2013 年第 11 期）

---

① 凯·雷德菲尔德·贾米森著.《疯狂天才》，刘建周、诸逢佳、付慧译.上海，上海三联书店，2007 年，第 241 页。

追忆曾文星先生

——《一个人生，三种文化》读后感

2012年3月的伦敦，春意盎然，百草新生。

第3届世界文化精神医学大会在此如期举行。[①] 会上与赵旭东、肖水源等老友一起见到世界文化精神医学首任会长曾文星老师，他精神矍铄、身板硬朗、谈笑风生。但万万没有料到时隔3个月，曾先生却因"肝脏肿物做手术，术后出现严重并发症"，于夏威夷时间6月21日在美利坚溘然长逝，享年77岁。

噩耗传来，令人悲痛，更让同行惋惜，世界文化精神医学界的一颗巨星陨落了。[②]

曾先生的音容笑貌依旧在我眼前。

可以无愧地说，曾文星先生是一位精神医学界传奇式的大师级人物。他曾是美国夏威夷大学医学院的精神科教授，不仅担任过世界卫生组织的顾问和世界精神医学协会跨文化精神医学分会的会长，还荣获美国精神医学界的多项大奖，创立了世界文化精神医学协会。他勤奋耕耘，著作等身，更是通晓三种语言（中文、英文和日文）。他既有深厚

[①] 李洁，赵旭东，肖水源. 第三届世界文化精神医学大会介绍. 中华精神科杂志，2012, 45（4）: 246.

[②] Bhui K. On giants and gentlemen. WACP, 2012, 8（4）: 13.

的学养，具备鸟瞰世界的眼光，又有独特的魅力，引领一代文化精神医学之潮流，实乃我们这些精神医学界后生、晚辈高山仰止的一代大师和楷模。

近来在《精神医学杂志》上看到介绍精神医学人物的传记，鼓励后生见贤思齐。为此，鄙人再次挑灯捧读曾先生的自传《一个人生，三种文化》。① 展阅全书之后，一股写作的冲动油然而生，不禁提笔抒怀。

本文以感恩之心、敬仰之情，将先生的事迹与后生的心得奉献给同道，以告慰在天之灵的先辈，激励向上的晚辈，尤其是献给中国大陆"华夏班"的中年同道们。

屋外严冬腊月，屋内却书香四溢。

本行之外，我亦常常涉猎文学、艺术及哲学等人文领域，曾看过数十种名人自传。窃以为，写自传的人通常是在其晚年功成名就之后写下的回忆录，具有学术价值或文学价值的并不多见。由台湾心理出版社出版的曾文星先生的自传倒是一本风格独特的著作。

曾先生用行云流水般的文笔描绘出他在不同文化中的心路历程，并以精神分析学的观点剖析其一生，配上弥足珍贵的历史照片，极具学术性与可读性。现与同道一起分享一代大师的传奇故事。

一、儿童成长于战乱

曾文星（Tseng Wen-Shing）先生于 1935 年降生于台湾台南的一个书香门第之家，他父母的远祖皆是清朝官员。曾先生虽出身名门，但在

---

① 曾文星著.《一个人生，三种文化》，台北，心理出版社，2010 年，第 3-242 页。

台湾地区被日本占领期间，曾我敏男（曾先生的日文名字）却沦为"二等国民"，并被强制接受日本人的思想教育。在这样的社会文化氛围中，日本人的绝对服从精神以及"赶拔鲁"（意为坚持、忍耐的努力；苦干、顽强地拼命）的精神不仅影响到曾先生早年的成长，还深刻地影响了他的一生。

二、职业生涯精神科

曾先生在台湾大学求学期间就喜读《梦的解析》等心理学名著，这使他对探索人类心灵的奥秘产生了浓厚的兴趣，再加上台大医学院精神科主任林宗义教授的鼓励与提携，曾先生 1961 年毕业于台大医学院后，走上了精神医学之路。悠悠岁月，悠悠人生，曾先生对职业生涯的选择告诉我们，大凡将自己的兴趣、爱好与专业结合在一起的人，加上锲而不舍的努力和贵人的提携，无论困难多大、命运多舛，终将会修成学术正果。

三、爱情婚姻皆美满

曾先生与夫人徐静老师是台大医学院的同班同学，在校期间两人有缘同台演戏，结果"假戏真做"开始了他俩的浪漫恋爱，尽管有些波折，但后来还是应了那句老话"有情人终成眷属"。婚后，他俩信奉天主教，生活上相濡以沫，事业上相互搀扶，可以说，曾徐伉俪婚姻乃天作之合，相敬如宾半个世纪。这使我想起了台湾作家白先勇先生的一句话："一辈子长相厮守，要经过多大的考验及修为，才能修成正果。"

有福的是，他们修成了爱情婚姻的正果，也修成了学术上的正果。事业上，曾徐夫妇珠联璧合，前者是文化精神医学的大师，后者为家庭与婚姻治疗领域的大家。无论是二老的美满婚姻抑或是出类拔萃的学术合作，皆让后人欣羡不已，成为精神医学界长久不衰的佳话。

四、学术有成于天下

曾先生一生勤奋努力，在学术上取得了显赫辉煌的佳绩，先后荣获美国文化精神医学研究会学术创作奖、终生学术成就奖以及美国精神医学会亚洲精神医学特别贡献奖。洋洋洒洒的鸿篇巨著《文化精神医学大全》（英文版，2001年）成为世界文化精神医学中的扛鼎之作。当然，像其他许多学人一样，曾先生在学术生涯上并非顺风顺水，也曾遇到迷云与惨雾，甚至遭到单位"上级权威的无理压制"，但他并没有颓废、放弃，仍在逆境中寻找发展的空间。他在自传中这样写道："面对困难，不要灰心，要适当地去适应，从困难里找到出路"。这使我想到了中国文化中充满禅意与空灵的智慧："行到水穷处，坐看云起时。"

曾先生在美国依据自己的优势，发挥潜能，开展跨文化精神医学的研究，且一发不可收拾，最终成为世界文化精神医学的巨擘。

当然，曾先生亦擅长精神分析和其他心理治疗，并与徐静老师不辞辛苦地多次在中国大陆办班、出书，使国内同行受益匪浅。我相信，曾先生千回百转的奋斗史将会对国内即将"破茧而出"的中青年同道起到良好的借鉴作用。

五、三种文化相比较

记得在第二次世界大战即将结束之际,美国杰出的文化人类学家鲁思·本尼迪克特受命研究日本人的国民性问题,她发现,日本国民有一种"菊花与剑"的双重性格:"好战而祥和、黩武而美好、傲慢而尚礼、呆板而善变、驯服而倔强、忠贞而叛逆、勇敢而懦弱、保守而喜新。"[①] 迄今为止,本尼迪克特对日本人的性格的纵向研究,仍然无人能出其右。

而作为从事跨文化比较的曾先生,成长、生活在三种迥异(日、中、美)的文化氛围中,他对这三种文化进行了有趣的横向比较:

(1)日本:提倡"忠与孝";对上级绝对服从;强调"君主为主,家族为次"的家庭模式;

(2)中国:提倡"忠孝、仁爱、信义、和平";对上级可以变通;强调"家为主,亲子为轴"的家庭模式;

(3)美国:提倡"自由、民主、独立";对上级可以建议和批评;强调"个人为主,夫妻为轴"的家庭模式。

曾先生对这三种文化见深见底的感悟是跨文化研究的宝贵财富。

六、人格魅力显非凡

凡是与曾先生有过交往的人不难发现,他胸襟宽阔、睿智幽默、知天乐命、乐于助人、谈笑儒雅。更重要的是,曾先生1981年以世界卫

---

① R.本尼迪克特著.《菊与剑》,黄道琳译.北京,光明日报出版社,1988年,第2页。

生组织顾问的身份来到中国,帮助开启了国内精神医学界通往世界的大门,并于1987年受聘为北京医科大学精神卫生研究所客座教授,从此加强了中国与世界精神医学同行间的密切交往,尤其是在北京精研所与夏威夷大学精神科之间架起了友谊的桥梁。

曾徐夫妇曾在美丽的夏威夷热情接待过来进修的崔玉华、吕秋云等人。最为成功的是,2006年由曾先生亲自创立的世界文化精神医学协会在北京成功举办了首届世界文化精神医学大会,规模与影响力都是空前的。从中亦反映出,作为华夏子孙的曾先生,虽然长期移居海外,但仍怀揣一种中华文化的悠悠情怀。

七、我与大师之交往

我很早就拜读过先生与马克德蒙特医生合著的《文化、心灵与治疗:文化精神医学入门》。虽与曾先生相识仅有4年多,却一见如故。我深切感受到他老人家的慈爱、博学、认真与风趣,这也正是一名合格的精神科医生所应具备的基本品

与曾文星教授合影

质。此外,只要有机会,曾先生便会不遗余力地提携晚辈,尤其是在探讨文化约束综合征以及研究广东缩阳症等文化精神医学领域,曾文星、莫淦明和我一脉相连,薪火相传,生生不息。

君已离去望不见,吾心悲伤肝肠断。

缅怀先生，使我想起了威廉·奥斯勒的一句名言："每一位老师的言传与身教，无不真诚而鲜活，在黑暗中为我们点亮一盏明灯。"①

可以说，曾老师不仅是世界文化精神医学中的一座灯塔，更是我们晚辈的事业与生活上的一盏明灯。希望曾老师能够安详含笑于九泉。

是以为记。

[原载《精神医学杂志》2014 年第 2 期]

---

① 威廉·奥斯勒著.《生活之道》，日野原重明、仁木久惠编注，邓伯宸译. 桂林，广西师范大学出版社，2007 年，第 184 页。

往事钩沉忆先驱

——缅怀中国精神卫生事业的创建者嘉·约翰

约翰,这个名字在欧美世界最平凡不过,它来源于古老的希伯来语,意为"上帝是仁慈的"。

而我在这里给大家介绍的,却是一位特殊的约翰——嘉·约翰。作为一名西方传教士,他不辞辛苦、远涉重洋来到中国,不仅履行着传播福音的使命,而且也如同他的先辈一样,背负着治病救人的重责。

尤其是一个世纪前,嘉·约翰在中国不仅是一位杰出的外科医生,还是传教医师协会的首任会长、教士医学会的主席,他的出现极大地促进了中国西医之发展,还徐徐拉开了中国精神卫生事业的大幕,成为华夏大地精神卫生领域当之无愧的先驱。追古思今,不能不让我们满怀崇敬来缅怀这位被中国人民"爱戴和敬仰"的传奇教士嘉·约翰。

一、人生道路,多磨难

清道光四年(1824年),香港、上海还都寂寂无名。

是年十一月三十日,远在大洋彼岸的美国,一个男孩降生于俄亥俄州的邓坎斯维尔,其祖父给他取名为约翰,含有追随仁慈上帝之意,他的诞生与中国的医学事业紧密相连。5岁那年嘉·约翰因父亲去世,便跟随叔叔前往弗吉尼亚生活。16岁那年他进入丹尼森大学学习，并于23岁毕业于费城的杰弗逊医学院。嗣后，他开始在俄亥俄州的南部城镇行医7年。有一天，听说遥远的中国缺医少药，那里的人们饱受疾病之痛，他便立志前往中国，传福音，救病人。

1854年5月，嘉·约翰偕同新婚不久的妻子金斯伯里，漂洋过海，历时近半年，辗转来到广州。不幸的是，金斯伯里因水土不服，于次年在澳门去世。1856年中英爆发第二次鸦片战争，嘉·约翰被迫返美。1858年之后他多次踏上中国这块土地，前前后后四十余年在此与家人（包括第二任妻子莫斯利）献身于传教与医学事业。最后，嘉·约翰与第三任妻子马撒·诺伊斯夫人及其三个年幼夭折的子女合葬在中国广州。在其墓碑上镌刻着这样的碑文：

嘉·约翰　医学博士　法学博士

1824～1901

美国长老会传教士

1854年来到中国

执掌广州教士医学会医院

凡四十五年

嗣后在中国首创疯人院

令人敬爱的医生

他赢得了他为之辛勤劳动的

人们的心；他追随主

执教并行医，疗救人间

所有的种种疾病

二、传道行医，两不误

不少西方传教士如郭士立、裨治文、伯驾在中国这块土地上毁誉参半，因为他们多半是一手拿着"十字架"传道宣教，一手拿着"宝剑"侵蚀掠夺，施恩与夺取并存，文明与野蛮杂糅，唯独从现有的史料中，尚没有看到一丝一毫对嘉·约翰的诋毁。他不远万里来到中国，传播福音，治病救人。继首位来华的传教医生伯驾之后，嘉·约翰曾接任广州博济医院院长，并在博济医院开办南华医学堂，为中国培养西医人才倾力付出，功不可没。早年孙中山先生就曾在这所学校学习西医，后人为纪念国父中山先生，将博济医院更名为孙逸仙纪念医院。今天这家百年老院依然生机勃勃，在中国的西医领域影响深远。

从历史上看，收容院或所谓的避难所是给贫困者、无家可归者、精神错乱者提供庇护和支持的各类机构。后来进一步分化出专门收治精神错乱者的机构——疯人院，在这种机构精神病患者或多或少获得了照管与医疗。嘉·约翰来华不久便看到精神病患者或被遗弃或自杀或夭折的悲惨命运。为此，他立志要在中国创建一所收容和照管此类患者的精神家园或生命驿站。

1898年2月20日，历经千辛万苦，嘉·约翰的冀望终于在广州芳村实现了，由他创办的"惠爱医癫院"成立了。开院当天，嘉·约翰夫妇以及一位被人搭在肩上的、刚刚解除锁链的精神病患者进入医院。随着一把小小钥匙的转动，病房的大门缓缓开启，这标志着这座千年古城由此开启了中国精神卫生事业的滥觞之门。"从此以后，中国的精神病患者在数千年的巫术符咒的迷雾桎梏中被解放出来"，不同程度地获得了人道与医道的惠泽。

同年8月同侪在广州举行盛典祝贺嘉·约翰行医五十周年。庆典那天，人们掌声雷动，笑语相伴，中英文并用，以表彰他近半个世纪以来在中国传福音、做手术、译医书、编医报、办医校、育人才、建医院的皇皇业绩。

三、人已离去，精神在

只可惜天公不作美，嘉·约翰创办"惠爱医癫院"三年后，便撒手西归，留下了遗憾，留下了哀愁。

令世人或上苍欣慰的是，这家由嘉·约翰夫妇一手创办的医癫院虽历经改朝换代、硝烟战火，却依然神奇般地矗立在花城的花地——芳村。迄今仍为广东省的三级甲等精神病专科医院，改名为"广州市惠爱医院"，依然翘楚于岭南大地。尽管嘉·约翰早已仙逝百年，但他"像对待兄弟一样对待病人"的博大胸襟却永存千年。

二月的羊城，已是春暖花开，百鸟啼鸣。

坐在办公室，我眺望窗外，不仅有枝繁叶茂的百年榕树，更有高俊挺拔的南国红棉，还有不远处的珠江水缓缓流过，绵绵不绝。

大树常青，江河常流。

我不禁深深地感受到嘉·约翰老先生在广州白鹅潭南岸的芳村福音世人、润泽后代的伟绩，一种景仰、崇敬的心情油然而生。我仿佛轻躁狂一般思绪如潮，想到了一位吴牧师借用使徒保罗的三个"已经"来评价这位兢兢业业的传教士，"那美好的仗我已经打过了，当跑的路我已经跑尽了，所信的道我已经守住了"。我还想到了百年前嘉·约翰医生的一位康复患者的切身体会，我在医院，并非完全接受医药治疗，而是七分关爱与仁慈，三分医疗。我更想到了意大利医史学家卡斯蒂廖尼的一句名言:"在近代科学医学开始以前或之后,曾有过多少伟大的、有才能的治疗家,他们并非科学人士,但却能以自己的才能和暗示力量抚慰病人、鼓励病人,使病人对复原具有信心,因而有力地影响治疗疾病的过程。"传教医生嘉·约翰便是这样一位拥有神力的传奇人物。

嘉·约翰

嘉·约翰拥有:

高远辽阔的目光;

慈悲为怀的心胸;

刻苦奋斗的精神;

超越功利的做法。

他让后人万分景仰与效仿。

百年沧桑,逝者如斯,精神永续。

[原载《精神医学杂志》2015 年第 3 期]

读书的力量

——读《生命最后的读书会》有感

一次偶然的机会，我看到了美国作者威尔·施瓦尔贝的《生命最后的读书会》。

该书记述了作者与母亲罹患胰腺癌之后的对话。这位母亲弥留人世的最后几年，除了像许许多多癌症病人一样与病魔顽强抗争，与此同时，她还强打精神坚持与儿子一起讨论最新读过的书。这位母亲常会问儿子："你最近在看什么书？"难以想象这句话出自一位晚期胰腺癌的病人之口。因为，光是胰腺癌对病人的躯体折磨，就足以使他们痛不欲生，往往要借助于吗啡来镇痛，哪儿还有"闲心"看书？而这位癌症病人在病情危重之际却依旧从容地与儿子讨论读书，这不仅使我感受到故事的动人真切，更让我体悟出读书的力量。

难道不是吗？

在当下的人文生态环境中，除了工作所用，研究所需的读书以外，很少是因为自己的兴趣和爱好读书的。尤其是当我每每下班在回家的路上，不少大男大女们在地铁里、汽车上频频点手机、看 iPad……哪里还能指望他们回家后"挑灯夜读牡丹亭"呢。高科技带给人类便捷的同时，却有时会让生活变得浮躁、肤浅，缺乏了一种应有的宁静与深远。这也是我迄今为止不太使用微信的缘由所在。

我的父亲和朋友都曾不幸患有胰腺癌，他们撕肝裂肺的痛苦让我终生难忘。而这位母亲接受痛苦的化疗之际，却能沉浸在书的海洋里，无论是纯宗教的还是纯文学的书籍，都给她在通往死亡的路上带来了慰藉，这就是读书的力量。

我回想起三十多年前，在医学院校寒窗学习之际，使我精神愉悦的也是读书。

我隐约记得，那是一个漫天大雪的严冬，每月只有18元助学金的我，勉强度日，但我嗜书如命，经常向同学借钱买书，倒有点像孔乙己赊账吃酒一样。为了买一本《新旧约全书》竟花费了5元钱，那个月我只好节衣缩食，甚至有一天三餐并为一餐，且发着低烧，浑身不适，孤苦凄怆，但我的身边却有毛姆的《月亮和六便士》、欧文·斯通的《渴望生活》等陪伴，无论高更还是凡·高，他们对艺术的着魔、对美的探寻皆给我在凡尘中带来活的勇气、生的希望……

之后的几十年，商务印书馆出版的"汉译名著"、台湾新潮文库推荐的文史哲书籍断断续续成为我作为医生之外的课外读物、精神养分。日积月累养成的读书习惯，使我的阅读速度并不亚于威尔·施瓦尔贝的母亲，以至于家里的闲书、杂书，中文书、外文书堆积如山。好在家中还有位较能"容忍"的太太，否则，这些书籍早就被扫地出门了，更别说几十箱旧书、新书跟随我数十年转战大江南北了。

读书能让我们超越对物质的追求，极大地拓宽我们的内心世界，丰富我们的想象力。记得有位作家说过："读书不是为了跟别人较量，而是为了使自己丰润华美。"它能丰润贫瘠的世界，华美苍白的人生。它让你在混浊的世界里带有几分清醒，它使你在平庸的生活中带有几分诗意。胰腺癌虽然让作者的母亲承载着难以忍受的身体痛苦，但是凭借着读书，她却能诗意般地走完自己的人生。

我们，或许是孤独的，但也要期盼富有诗意地走完自己的余生。

（本文荣获 2015 年广州市直属机关"悦读·分享"

读后感征文活动一等奖）

从莎士比亚眼中审视：精神疾患与精神健康

2016年正值英国文艺复兴时期的戏剧家和诗人威廉·莎士比亚逝世400周年之际，英国文化协会在世界140多个国家和地区举办"永恒的莎士比亚"纪念活动，缅怀这位世界文学巨匠的永恒魅力。

莎士比亚不仅创作出举世瞩目的"四大悲剧"，而且他笔下的"生存还是毁灭，这是一个值得考虑的问题"、"全世界是一个舞台，所有的男男女女不过是一些演员"等经典词句历经岁月的考验，成为家喻户晓的名言。

其实，从精神医学来看，莎士比亚与其他学者如德国哲学家尼采一样，皆有深邃的思想、敏锐的洞察力。难怪有人称赞"莎士比亚无疑是文学上最伟大的'精神病理学家'"、"人类情感上的精神医学家"。下面让我们展卷翻阅莎士比亚的皇皇巨著，从其字里行间审视精神疾患与精神健康。

一、生平概要[①]

莎士比亚于1564年4月23日降生于英国中部斯特拉特福镇一个卖

[①] 参考彼得·阿克罗伊德著.《莎士比亚传》，覃学岚主译.北京，北京师范大学出版社，2014年，第3-554页。弗朗索瓦·拉罗克著.《莎士比亚》，施康强译.长春，吉林出版集团有限责任公司，2015年，第13-169页。

手套、贩羊毛的商富家庭。少年时代莎士比亚在当地一所"文法学校"学习拉丁文、古希腊文、逻辑学和修辞术，后因家道中落，于1587年前后只身前往伦敦谋生。后来当上了演员和编剧，从此开始了他的舞台和戏剧创作生涯。1613年左右莎士比亚从伦敦返回家乡，1616年4月23日逝世，享年52岁。华人文化圈将莎士比亚称为莎翁，以示尊敬。

莎翁，这位世界文坛的巨人，一生中撰写了37部戏剧、154首十四行诗和两首长诗，他的妙语伟词震古烁今，他的生花妙笔深刻地描绘了人物的内心世界和矛盾冲突。

十年前我有幸拜访过莎翁故居，它位于伦敦以西百余公里外的斯特拉特福镇。初来小镇，不仅领略到如诗如画的美，更是仿佛置身于莎翁的世界，绿绿的草坪映衬着褐色的小屋，参拜者络绎不绝。故居入口处，一幅画像映入我的眼帘，他的双眼闪耀着无与伦比的智慧，双唇间流露着丰富的想象，眉宇中蕴含着洞察世事人情的超凡能力，他就是莎翁。

二、精神疾患

在当代精神医学领域，精神病理学仍占据着重要位置，它为精神科医生提供了人类异常心理活动的基本信息。[①]《莎士比亚全集》气势恢宏、词采华茂、韵律优美，其中提及众多器官的疾病和药物，尤其是多次提到疯癫（mad）一词。按照当下的说法，疯癫多属于精神疾患或与之有关。透过莎翁的鸿篇巨著可以看出，莎翁对精神疾患了然于胸，仅从他的"四大悲剧"便可审视一番。

---

① Stanghellini G, Broome MR. Psychopathology as the basic science of psychiatry. Br J Psychiatry, 2014, 205 (2): 169–170.

1.《哈姆雷特》是一出复仇悲剧。故事描写了丹麦王子哈姆雷特为父报仇的动人故事。哈姆雷特的叔父克劳狄斯为篡夺王位，谋害兄长丹麦国王，并娶了其长嫂——即哈姆雷特的母亲为王后。在哈姆雷特看来，先父尸骨未寒，母亲就这样迫不及待地钻进了乱伦的衾被！为此，哈姆雷特阴郁寡欢。后来，哈姆雷特听到先父的冤魂的述说，是叔父克劳狄斯夺去了父王的生命、王冠和王后。于是，哈姆雷特决定替冤死的父亲报仇。为达目的，他装疯卖傻，最终用剑刺死了逆伦贪欲的叔父，其母也在饮下克劳狄斯的毒酒后气绝身亡。

弗洛伊德最初是一位神经科医生，但他坦言，对医学的各个领域，除了精神病学以外，一概不感兴趣。后来弗洛伊德成为精神分析学派的开山鼻祖，这与他喜爱文学密不可分。无论是圣经故事，还是托布勒的散文，皆影响了弗洛伊德的爱好与志向。莎士比亚的文学作品自然也成为弗洛伊德研究的对象。弗洛伊德指出，为什么哈姆雷特杀死别人毫不犹豫，却对其叔父克劳狄斯难以下手？弗氏写道："哈姆雷特能够做所有事，但却对一位杀掉他父亲并且篡其王位、夺其母后的人无能为力，那是因为这个人所做出的正是他自己已经潜抑良久的童年欲望之实现。于是对仇人的恨意被良心的自谴不安所取代，因为良心告诉他，自己其实比这弑父娶母的凶手好不了多少。"[①]看来哈姆雷特也摆脱不了俄狄浦斯情结的捉弄。

一向痴恋哈姆雷特的美丽姑娘奥菲利娅，倒是因悲哀、绝望而忍受不了失恋的痛苦，促发了精神错乱。她头带鲜花，唱着歌儿，慢慢地自溺于水中。从精神医学看，奥菲利娅的发病具有家族遗传因素，其父亲是丹麦国王的御前大臣波洛涅斯，年轻时就有过短暂的精神错乱。尽

---

① 弗洛伊德著.《梦的解析》，赖其万，符传孝译.北京，中国民间文艺出版社，1986年，第191页。

管精神科医生 B. Morel（1860 年），K. Kahlbaum（1868 年），E.Hecker（1870 年）以及 E. Kraepelin（1896 年）在 19 世纪才逐渐认识到精神分裂症这一病症，但莎翁早在 17 世纪透过奥菲利娅就为我们生动地描述了青春型精神分裂症患者思维破裂、情绪失调、行为怪异的临床表现，实属难得。

2.《奥赛罗》是一出家庭悲剧。故事描写威尼斯大将奥赛罗听信手下旗官伊阿古的挑拨离间，坚信妻子苔丝狄蒙娜与自己手下副将凯西奥有云雨之情。于是，奥赛罗扼死了对自己一往情深的妻子。后因伊阿古的妻子爱米利娅揭发事实，于是真相大白，奥赛罗在万分悔恨之中自尽。其实，苔丝狄蒙娜不仅出身于贵族，而且貌美、聪慧、善良，犹如天仙下凡。谁要是抱得这样的美人归，那真是多少辈才修来的艳福。只可惜，勇敢豪爽的奥赛罗捕风捉影、轻信谗言，仅凭一个小手帕作为证据就坚信妻子另有新欢，最终铸成人生大错。

在精神医学的临床实践中，一些精神障碍患者常无中生有或者像空气一样轻的小事，对于一个嫉妒的人，也会变成天书一样坚强的确证。深信自己的配偶有外遇、有新欢即为嫉妒妄想。仅有嫉妒观念并非一定就是嫉妒妄想，后者常会出现攻击行为。莎翁描写的奥赛罗非常符合嫉妒妄想的特征。奥赛罗不仅具有歪曲的认知，还出现了极端的行为。于是，在世界经典的精神医学教科书中，嫉妒妄想又称之为"奥赛罗综合征"。在给医学生讲述嫉妒妄想的过程中，莎翁为我们提供了活生生的教案，学生喜欢听，且易懂。

3.《李尔王》是一出谋财悲剧。故事描写了古代不列颠国的一个传说。老国王李尔年老体衰，决定将国土作为财产分给三个女儿。结果，李尔王却受大女儿与二女儿花言巧语之骗，不仅丢掉土地，亦丧失理智，疯癫而死。

在精神科门诊,我们不时会看到一些来访者因情绪波动而担心自己发疯,这使我们中外精神科医生不约而同地想到了李尔王的台词:"啊!不要让我发疯!天哪,抑制住我的怒气,不要让我发疯!我不想发疯!"这段台词揭示出李尔王担心失去理性并与现实社会脱节的内在恐惧。还有,透过李尔王与小女儿考狄利娅的对话,莎翁为我们呈现出精神科临床上常见的现象:患者的答非所问。

考狄利娅:"父亲,您认识我吗?"

李尔:"你是一个灵魂,我知道;你是什么时候死的?"

此外,李尔王在耄耋之年以鲜花杂乱饰身的行为亦颇为异常,时至今日在大街小巷偶可碰见这样装饰打扮的流浪患者。

4.《麦克白》是一出谋杀悲剧。故事描写了苏格兰大将麦克白深受野心的驱使,与妻子一道合谋杀死了仁慈的国王邓肯。之后,麦克白夫人出现了梦游症:她从床上爬起来,披上睡衣,打开柜橱的锁,拿出信纸,在上面写字、读字,然后又把信封好,再回到床上。可在这一段时间里,她始终睡得很熟。接着,莎翁又描绘出麦克白夫人反复洗手的强迫动作。麦克白夫人的侍女向医生说道:"这是她的一个惯常的动作,好像在洗手似的。我曾经看见她这样擦了足有一刻钟的时间。"[①]这似乎要洗刷掉她自己深重的罪恶。

莎翁在其《哈姆雷特》中有句台词:"我说他疯了,因为假如要说明什么才是真疯,那就只要发疯,此外还有什么可说的呢?"其实,在

[①] 莎士比亚著.《麦克白》,见《莎士比亚全集》(8),朱生豪译,方平校.北京,人民文学出版社,1978年,第379页。

莎翁看来,"真疯"的缘由多半是由于人体内黑胆汁的过多以及受外部星球如月亮的运转影响。

显然,这些观点沿袭了千年前古希腊人的思想。不过时至今日,精神医学仍然未能从病因学上阐明"真疯"的病理机制。

三、精神健康

其实,在莎翁的字里行间不仅描述了疯癫的状态,还强调理智健全、精神健康的作用。他说,因为一个人成长的过程,不仅是肌肉和体格的增强,而且随着身体的发展,精神和心灵也同时扩大。或者说,在莎翁看来,能够使感情和理智相协调的人,才算是有福之人。

莎翁特别指出,音乐和诗歌可以开启人的心智,此种看法成为后来艺术治疗的启蒙思想。他甚至还说:"灵魂里没有音乐或是听了甜蜜和谐的乐声而不会感动的人,都是擅长为非作恶、使奸弄诈的;他们的灵魂像黑夜一样昏沉,他们的感情像鬼蜮一样幽暗;这种人是不可信任的。"[1]

莎翁在《亨利六世》中提到,宁愿做一个普通的平民百姓,清闲无忧,也不愿做一个权高位重的人,后者"虽然吃的是山珍海味,喝的是琼浆玉液,盖的是锦衾绣被,可是担惊受怕,片刻不得安宁"。[2] 这使我想起了另一位英国作家笛福的观点,那些上层人物,容易被"骄奢、野心以及彼此倾轧的事情所烦恼"。[3]

---

[1] 莎士比亚著.《威尼斯商人》,见《莎士比亚全集》(3),朱生豪译,方平校.北京,人民文学出版社,1978年,第90页。
[2] 莎士比亚著.《亨利六世下篇》,见《莎士比亚全集》(6),章益译.北京,人民文学出版社,1978年,第261–262页。
[3] 笛福著.《鲁滨孙漂流记》,方原译.北京,人民文学出版社,1959年,第2页。

冷眼观世界，我们当今社会一些纷杂的现实不也如此吗？对于来访者以及我们自身追求一种生活之宁静，难道不是精神健康的养分吗？

我掩卷沉思，绿草上点点红花。

一位医界泰斗的身影逐渐浮现在眼前。现代临床医学之父威廉·奥斯勒告诉我们，医学生除了应有的医学知识外，还要拥有良好的文学修养以及人文主义的熏陶。

窃以为，精神科同仁更是如此。因为在我们的脑海中不仅要充满循证般的知识，更要拥有一种敏锐的直觉和洞察力。唯有如此，才能深刻地理解那苦难的心灵；唯有如此，才能更好地疗愈那受损的头脑。

我抬头仰望，蓝天中朵朵白云。

一股四月的春风扑面而来，这使我不禁联想到，一位千古不朽的文坛巨匠却被称作是最深刻的"心理学家"，他的戏剧却依然活在精神医学的实践中；他超凡的洞察力以及过人的聪慧却依然被我们精神科同仁景仰。

他就是英国的莎士比亚，世界的莎士比亚。

（原载《精神医学杂志》2016年第4期）

我在哥伦比亚大学领奖

曼哈顿，位于美国纽约市的小岛上。

在那里，默默耸立着高楼，缓缓流淌着河水，河水常常闪烁着五颜六色的光芒。

曼哈顿，集大俗与大雅于一身，犹如纽约的市花玫瑰，艳丽又华贵。而哥伦比亚大学就坐落于上曼哈顿，被亲切地称为"哥大"。它东靠晨边公园，西邻河滨公园，在其南面便是纽约最为著名的后花园——中央公园。

让我们这些初来乍到的访客感受到的是，哥伦比亚大学虽然处于灯红酒绿的超级大都市，却拥有蓝天白云的环抱、绿草如茵的陪衬。在喧嚣的闹市中倒显得几分宁静，在直插云端的钢铁丛林旁倒有几分阴柔，这就是卓尔不凡的"哥大"。

曼哈顿

2018年10月中旬的纽约，天气阴晴不定。

在此期间，受世界文化精神医学协会（WACP）之邀，我与同事一道出席在"哥大"举办的第五届世界文化精神医学大会。

我们从下榻的雅乐轩酒店到参会地点，往往要穿梭于精巧雅致的

"哥大"校园,让我有幸领略到"科学与艺术"的古典之美,亦使我想起滥觞于古希腊的精神医学,同样兼具科学与艺术的两重性。正是精神医学的两重性让我有机会不远万里来到"哥大"参会,并在此地领奖。

我虽已至暮年,此时却颇有一种"春风得意马蹄疾,一日看尽长安花"的心情,下面我愿与大家分享自己的些许感受。

窃以为,作为一名优良的精神科医生,不仅需要医学知识,还需要旁通人文学科以促进跟心灵的对话。

一、学者比肩出大师

"哥大"在纽约的位置不仅得天独厚,就连"哥大"本身也是钟灵毓秀之地。它是美国乃至全世界颇具声望的高等学府,始建于1754年,建校两百多年来,学者比肩,英才辈出。

"哥大"曾诞生过数位美国总统,近百位诺贝尔奖获得者,还有众多的社会名流群贤毕至于此。其中不少还是近百年来留学"哥大"并影响着中国学界至深至远的精英人物。

胡适、马寅初、陶行知、徐志摩、金岳霖、冯友兰、许地山和梁实秋等众多知名学者皆与"哥大"有着不解之缘。对于这些大家,我早年多半读过他们的作品。例如,胡适先生的"不要抛弃学问"、梁实秋先生的"有闲论"、冯友兰的"人生四境界"。

当然,除了这些华夏俊才之外,与精神医学相邻学科的不少大师也都出自这所拥有源头活水的高等学府。

先说哲学。

约翰·杜威是美国现代颇有声望的哲学家、教育家、实用主义哲学的捍卫者。他并不缥缈于哲学上的凌空玄想，而是强调要"从人生关系上去讨论哲学的现状"，热衷于研究人与自然、社会环境的相互作用。杜威在"哥大"任教期间不断发扬他的学术思想，主张要用实际效果来衡量理论的价值，将实用主义现实化，且把它推广至伦理学、教育学和社会学等领域。

胡适是"五四"新文化运动的先锋人物之一，早年曾在"哥大"主修哲学，杜威成为他追随一生的思想导师。

当然，除了胡适以外，蒋梦麟和陶行知都曾拜于杜威的门下学习。此外，这位思想解放、品性高洁的杜威先生还在1919年至1921年期间到中国讲学上百场，风行一时，影响学界深远。

"哥大"的杜威，好似20世纪美国哲学界、教育界的一面大纛高高飘扬。

那么，精神医学与哲学有何关系呢？当然，精神医学本身离不开哲学上的预设和反思，记得德国哲学家、精神医学家卡尔·雅斯贝尔斯曾说过："尽管精神科医师他（她）自己不想背上哲学的负担……但是撇开哲学，对精神医学将是灾难性的。"[①]

哲学，是启迪人类心智、引领人类灵魂反思的地方。

在这里依然可以看到精神医学的影子。例如，在精神病理学上沿用至今的划分"知、情、意"三者的根源便出自德国哲学家康德之手。

其次说人类学。

---

① Jaspers. General psychopathology, Volume Two. Baltimore, The Johns Hopkins University Press, 1997, 769.

被誉为"美国人类学之父"的弗朗茨·博厄斯，1896年进入"哥大"，后来担任人类学系主任。他不仅博学多才，成就辉煌，还培养出像鲁斯·本尼迪克特和玛格丽特·米德之类的两员女将。这两位大家都曾先后执教于"哥大"，成为该校人类学系的台柱子。

让本尼迪克特蜚声世界的学术著作当属她的《文化模式》。她强调，当人呱呱坠地起，文化便在塑造着他。在《菊与剑》中，本尼迪克特则深刻揭示了日美文化的本质差异，尤其是高度概括了日本民族的两面性："好战而祥和、黩武而美好、傲慢而尚礼、呆板而善变、驯服而倔强、忠贞而叛逆、勇敢而懦弱、保守而喜新。"① 她把大和民族的两面性暴露无遗。

受导师和学姐的学术影响，年轻的米德只身前往南太平洋岛屿萨摩亚进行实地考察，写出了她的传世之作《萨摩亚人的成年》。而让米德家喻户晓的却是她提出的社会现象：代沟。

当然，米德与精神医学更为有缘的是，她还担任过世界精神健康联盟的主席。

"哥大"的博厄斯、本尼迪克特和米德这几位杰出的人类学家曾独步北美数十载，犹如人类学领域中的三座丰碑，何等辉煌。

人类学是探索人类、发现文化的地方，这里也是精神医学的基石之一。我记得德国学者克拉希谟的"体型说"就是人类学在精神医学中的具体应用。

再说心理治疗学。

---

① R.本尼迪克特著.《菊与剑》，黄道琳译.北京，光明日报出版社，1988年，第2页。

在心理学领域，"哥大"也是群星璀璨，除了鼎鼎大名的爱德华·桑代克和亚伯拉罕·马斯洛之外，人本主义的代表卡尔·罗杰斯、存在心理治疗大师罗洛·梅也都与"哥大"有缘。罗杰斯曾就读于"哥大"，获得哲学博士学位，后创立了以咨客为中心的疗法，主要目的是促进个人的心理健康成长，渗透着人本主义思想，其影响深远而广泛。梅则执教于"哥大"，他主张"心理治疗的首要目的并不在于症状的消除，而是让患者重新发现并体认自己的存在"，[1]梅享有"美国存在心理学之父"的美誉。

当然，在"哥大"还有个阿艾伯特·艾里斯，他曾在"哥大"获得临床心理学硕士和博士学位。艾里斯在20世纪50年代就创立了理性情绪行为疗法，目的在于"帮助他人减少痛苦，更好地享受生活"。

尤为自豪的是，"哥大"的马斯洛、罗杰斯和罗洛·梅一道成为人本主义——存在心理学上的三盏明灯。

这使我联想起"哥大"的百年校训："借汝之光，得见光明。"

让我们后人借助这些明灯照亮我们的心灵，走进患者苦难的内心，消解他们精神上的苦痛。

心理治疗学是洞察人类内心世界、疗愈人类心灵痛苦的学问，这里当然也是精神医学中的主要阵地。

由此看来，"哥大"校园中赫然耸立的雕像——"Alma Mater"（据说是智慧女神）不是冷冰冰地坐落于此，而是用她的智慧和双手守护着"哥大"，并让灵气和灵感撒满校园。

---

[1] 罗洛·梅著.《存在之发现》，方红、郭本禹译.北京，中国人民大学出版社，2008年，第24-25页。

在"哥大",无论是邻近精神医学的哲学、人类学还是心理治疗学等领域,皆有世界顶级人物诞生于此,宛若纽约现代艺术博物馆中凡·高的《星空》,群星璀璨。

智慧女神雅典娜

凡·高的星空

二、哥大颁奖闪光芒

众所周知,"哥大"有一个奖项历史悠久且耀眼夺目,那就是普利策奖。这个奖是根据美国报业巨头约瑟夫·普利策的遗愿于1917年设立的,它是美国新闻界的最高荣誉,涵盖新闻和艺术两大类21个奖项,迄今为止已经走过了百年历史。

显然,我在"哥大"洛氏纪念图书馆领奖确与此项毫无关系。要知道,始建于1897年的洛氏纪念图书馆的圆形大厅除了颁发普利策奖项之外,还经常举办一系列的学术活动和仪式。

由世界文化精神医学协会主办、哥伦比亚大学等承办的第五届世界文化精神医学大会此时在"哥大"如期举行，来自全球40多个国家和地区的400余名文化精神医学、文化心理学、文化人类学和社会学等领域的专家学者出席了会议。承办方负责人哥大的罗伯特·费尔南德兹教授既是本届大会的主席（2018～2021），又是美国DSM-5跨文化问题研究的领衔者。

此次会议的举办可谓是在世界文化精神医学领域又一次群贤毕至，少长咸集。

会议期间，大会在洛氏纪念图书馆的圆形大厅举行了颁奖仪式，以表彰近年来一些专家学者在该领域所做出的突出贡献。华灯初上的夜晚，港大的茂盛、同济的旭东和我等一行多人缓缓登上台阶，进入洛氏纪念图书馆，绕过大厅前洁白的雅典娜雕像，来到图书馆的圆形大厅，背后耸立着数根墨绿色的高大石柱，再往后是黄艳艳的宽大帷幕从上而降。

可以想象的是，在漫长的历史岁月中这里的圆形大厅见证了一次又一次的辉煌时刻。

WACP本次大会颁奖是在既典雅又肃穆的氛围中进行，授予美国哈佛大学A. Kleinman教授"文化精神医学终身成就奖"。可以说，他成功地游走于人类学和精神医学的领域，对文化精神医学的真知灼见和领导力激发了整整一代学者。授予加拿大麦吉尔大学L.Kirmayer教授"特殊贡献奖"。他秉承了麦吉尔大学在此领域的历史荣耀，不知疲倦地进行着学术理论构建，居功至伟。而我与日本同行秋山教授则共同荣获了"创新教育奖"。

这却让我在惊喜之余多了几分惶恐，深感自己肩上的重担：在拥有五千年文明的华夏大地上要不遗余力地播撒文化精神医学的种子。依我看来，精神障碍不只是脑部的疾病，多半也与社会文化有关，前者为生物精神医学精准研究的范畴，后者是文化精神医学努力探索的领域。况且，常言道：凡是世界的，必是民族的。如何让具有中国文化特色的精神医学走向世界，这需要哲学上的引领、学理上的建构和实践中的验证，更是漫漫长路。

如果说，"哥大"的普利策奖代表了森林中枝繁叶茂的参天大树，那么，我获得的这个奖就好似森林中的嫩幼小草。

不过，这倒让我想起了印度诗人泰戈尔的一句诗："小草呀，你的足步虽小，但是你拥有你足下的土地。"

脚下的这片土地，足以让我探索文化精神医学的奥秘，足以让我进行跨文化的交流，足以让我彰显几千年的华夏文明。

因为我深知，不探究文化变量，就谈不上完整的医学，遑论涉及心灵的精神医学了。

2018 年 12 月写于广州

品读威廉·奥斯勒的"生活之道":
一盏明灯照百年

——现代临床医学之父逝世百年祭

记得我国诗人臧克家的肺腑之言:

"有的人活着,他已经死了;
有的人死了,他还活着。"

此句道出了:低陋而又短暂的身躯,
高尚却又永恒的精神。

这里要追思一位世界知名的医界先贤,虽然他的身躯早已离我们远去,但他的崇高品德、睿智思想以及临床实践的风采仍然活在我们从医者的心中。他犹如茫茫黑夜中的一盏明灯,照亮着我们从医者在披荆斩棘中砥砺前行。

他是谁呢?

他就是19世纪生于加拿大、20世纪卒于英国的伟大医生——现代临床医学之父:威廉·奥斯勒。

百年前,奥斯勒出版医学教科书《医学原则与务实》,他提倡床边教学的理念,主张文理结合的思想,这些举措对当时的医界产生了广泛而深远的影响。为纪念这位医学巨匠仙逝一百周年,特撰文缅怀他的丰功伟绩，希望这位从医者的伟大精神与崇高事业薪火相传，光照后人。

一、生平简介

1849年7月12日，威廉·奥斯勒降生在加拿大安大略省的一个牧师家中，是9个兄弟姐妹中的幺子。奥斯勒从小在一个充满基督教氛围的家庭中成长，少年时期就曾使用显微镜研究苔藓虫，后又被托马斯·布朗爵士的《医师的宗教》一书深深吸引，这促使他日后对医学产生了浓厚的兴趣。

18岁那年，奥斯勒跟随父亲的足迹，在多伦多三一学院主修神学。因自觉神学不适合自己，19岁时奥斯勒转入多伦多医学院，后又转入麦吉尔大学医学院读书。23岁时，奥斯勒从麦吉尔大学毕业。他秉承英国贵族青年"壮游"欧洲大陆的传统，赴伦敦、巴黎、柏林和维也纳等地学习临床医学长达两年。之后，奥斯勒先后受聘于母校麦吉尔大学、美国宾夕法尼亚大学、约翰·霍普金斯医学院以及英国牛津大学等4所世界知名大学。穿梭、活跃于世界一流的高等学府，他留下了赫赫英名。

值得一提的是，奥斯勒还与约翰·霍普金斯医学院首任院长、病理学家韦尔奇，妇科学教授凯利和外科学教授霍尔斯特德等人一道成为该院的"四大名医"。1892年，奥斯勒独自编写出版的《医学原则与务实》一举成为世界一流的英文医学教科书，再版不断，流传至今。这部鸿篇巨著的出版促成了美国洛克菲勒医学研究所的诞生。

1892年，奥斯勒与美国独立战争英雄保罗·里维尔的后裔葛莉丝结婚，婚后育有一子叫里维尔。在第一次世界大战中，里维尔不幸阵亡于比利时，这种丧子之痛让奥斯勒伤心不已。1919年12月29日，奥斯勒因支气管肺炎和脓胸在伦敦去世，享年71岁。

奥斯勒毕生致力于临床实践和医学教育，是一位杰出的医学家、医学教育家和人文主义学者。在临床实践中，他注重实验室和解剖学的作用；在医学教育中，他提倡床边教学的理念；在医患关系中，他强调人文主义的思想；在人生道路上，他主张做一个宁静的人、品行端正的人、一个有续航能力的人。

奥斯勒的医学足迹和影响遍布世界，踏石留印，其至一些疾病的名称都以他的名字命名，如奥斯勒氏病、奥斯勒氏结节等。生前，他荣膺英国男爵爵位，并担任牛津古典文学会的会长。死后，他享有"现代临床医学之父"的美誉。这些名誉对奥斯勒来说当之无愧。

二、生活之道

日本圣路加国际医院名誉董事长、日本医学教育协会名誉理事长日野原重明博士和日本明海大学仁木久惠教授历经二十载，在奥斯勒千余篇文章中撷取二十篇文章，精心编辑了《生活之道》一书。书名取自1913年奥斯勒在美国耶鲁大学给学生做的一次演讲——"生活之道"，成为传播奥斯勒的学术思想和人生态度的重要载体。

日野原重明博士和仁木久惠教授在弘扬医学与人文的道路上不仅功德无量，亦体现了当下倡导的工匠精神。他们为这部书增添了精心编排的编者按和详细周全的注释，与奥斯勒的文章遥相呼应，融为一体。

当然，中文版《生活之道》的问世，离不开美国爱慕理大学杨义明教授及其好友王英明医生苦心孤诣的策划，还有邓伯宸先生精准的翻译。

展卷品读奥斯勒的《生活之道》，可以说它是一部篇篇出彩、字字珠玑的上乘之作。在奥斯勒看来，医学既是科学的，又是艺术的，尤其要告诫医生们，不仅要学习医学知识，还要提升人文素养。在他看来，作为悬壶济世的医生，需要一颗清醒的头脑和一副慈悲的心肠；需要战胜三大天敌——无知、冷漠与各种堕落。作为救死扶伤的医生，需要活到老，学到老，否则他便当急流勇退，把位子留给做事的人；需要性格中的沉稳与宁静，否则他将导致病人失去疗病的信心。而在他心目中的医学生则是那种心怀理想、视野开阔、了解历史、洞察生命的人，这种学生在医学事业的漫漫长路上还要拥有专心、恒心和信心。

展卷品读奥斯勒的《生活之道》，可以说它是一部文理结合、跨越医学的经典之作。奥斯勒的字里行间不仅浸透着医学知识，还广泛引用了圣经故事、古希腊神话、柏拉图的哲学、莎士比亚的戏剧、弥尔顿的诗篇以及蒙田、兰姆等众人的散文。奥斯勒作为一位医学大师，在其演讲中常常引经据典，这反映出他对历史的广泛涉猎、对人性的深刻洞察，更折射出他深厚的人文素养。奥斯勒倡导的医学与人文相结合的理念，就是后来英国著名科学家和作家查尔斯·斯诺所说要弥合自然科学与人文科学"两种文化"之间的巨大鸿沟。

在精神医学领域，这"两种文化"的结合尤为重要，因为我们探究的不仅是看得见的脑，更有看不见的"心"——心灵。因此，在我看来，精神卫生工作者不仅需要探究脑的本领，还要有洞察心灵的能力，因为我们从医者面对的不仅是冷冰冰的病，更是活生生的人。

这部具有真知灼见、文采飞扬的经典名著，可以成为我们从医者的枕边书。无论是老师还是学生，无论是老医生还是小大夫，常读常新。它可以让我们开卷有益，它可以让我们毕生受益。

三、时代呼唤

纵览数千年的世界文明史,古希腊罗马和文艺复兴时期的名医不仅在医术上有所建树,而且学识渊博,具有深厚的古典文化底蕴。奥斯勒恰恰很好地继承了先辈们的这些优良遗产。在他看来,科学与人文犹如一根树枝上的两颗红果,相随相伴。对于前者,奥斯勒主要依靠病理学、实验室与临床观察等方法开展医疗工作,侧重于病情;对于后者,奥斯勒广泛汲取哲学与文学的智慧,旨在深刻把握人性,倾向于人心。

当然,爱比克泰德的论说、马可·奥勒留的沉思、托马斯·布朗的著作以及托马斯·卡莱尔等人的见地亦深深影响了奥斯勒的写作风格。例如,在《生活之道》一书中他写道:"所谓沉稳,就是在任何情况下都保持冷静与专心,是暴风雨中的平静,是在重大的危急时刻保持清明的判断,是不动如山,心如止水。""行医是一种艺术而不是交易,是一种使命而非行业,这项使命要求于你们的,是用心要如同用脑。"如此闪耀的思想、如此优美的文字在书中处处可见。

在当下以物质为先的实用型社会中,医学事业受到更多挑战,医疗行业受到更多压力,医生形象受到更多质疑,甚至不少医院追名逐利,失去了慈善的本性。莎士比亚说过"人们一代比一代聪明了",此话经受了岁月的考验。

不过在我看来,人们的善心倒未必一代能比一代强。数百年前,意大利萨勒诺医学校的诗篇中写道:"一旦追逐金钱,医术的仁慈便消失无踪。"[①]这句话似乎在当今的社会依然奏效。如何平衡患者的切身利益与医院的实际利润,这既是公立医院的难题,也是政府部门所面临的

[①] 卡斯蒂廖尼著.《医学史》,程之范主译.桂林,广西师范大学出版社,2003年,第333页,第754–756页。

挑战。

奥斯勒的《生活之道》中的思想扑面而来，这部书跨越了医学，超越了时代。读之历久弥新，读之回味无穷。尤其是奥斯勒先辈拥有的高尚的医德修为、勤奋的著书立说、务实的床边教学、醇厚的人文素养和积极的人生态度，皆为千百万名医务工作者在工作、学术乃至生活中树立了良好的榜样。

奥斯勒的血肉之躯早已随风而去，但这位大师的风范依旧，这位巨匠的教诲永存。

有道是，一盏明灯照百年，千古医学传万代。

[原载《中国医学论坛报》2019年第45卷（18）期]

用文化的力量促进精神健康

——从苏东坡到王阳明

在数千年的华夏大地上无不闪烁着东方哲学、文学与艺术的光芒，先哲们的思想或诗文犹如夜晚的点点星空，照亮着草莽的人生。

在悠悠岁月、漫漫长河中，他们用如椽之笔谱写出绚烂多彩的篇章，用赤诚的心灵奏响起铿锵有力的乐章。从庄子到陶渊明，从屈原到李白，从杜甫到鲁迅莫不如此，其作品与思想成为华夏子孙乃至全人类的历史瑰宝。

我在这里给大家介绍的是另外两位杰出人物，他们思想深邃，即便在命运多舛之际仍能保持着一颗乐观、快乐的心，笑傲江湖，笑看人生。用当下的话语来说，就是指他们在艰难困苦中不消沉、不颓废、不堕落，依然保持着精神健康。他们不仅在才学、品德上令人敬佩，应对精神创伤的能力也是一流。

他们是谁呢？

一位是宋朝的苏东坡先生，一位则是明朝的王阳明先生。

先说这位东坡先生。[1]

---

[1] 林语堂著.《苏东坡传》，宋碧云译.台北，台北远景出版事业公司，1982年，第3-345页。陈鹏著.《苏东坡传》，北京，中国友谊出版公司，2017年，第2-317页。

记得21世纪伊始,国际知名度颇高的法国《世界报》评选出千年英雄(1001～2000年),全球共有12位人物入选,其中就有中国宋朝的苏东坡先生,他是唯一入选的中国人!这足以见得他在世界历史舞台上的分量。

苏轼,字子瞻,号东坡居士,大家又叫他东坡先生。苏轼1037年出生在四川省眉山,他在中国诗词、散文以及书法方面登峰造极。在诗上,东坡先生与江西派诗人黄庭坚并称"苏黄";在词上,他开创了豪迈词派之先河;在散文园地,他与韩愈、柳宗元、苏洵、苏辙、欧阳修、王安石、曾巩一同享有"唐宋八大家"之美誉;在书法领域,他与书法家蔡襄、黄庭坚、米芾并称"宋四家"。东坡先生这些学术高原上的座座丰碑令

苏东坡

无数后来的学者、文人万分仰慕并倾倒。同时,他又是个地地道道的美食家。他做的"东坡肉"、"东坡鱼"、"东坡羹"也是誉满天下,深受黎民百姓喜欢,尤其是他的"东坡肉"成为杭帮菜中的赫赫招牌。当然,东坡先生还是位"学者型的官员",在仕途上也曾是官至礼部尚书(二品)的高级干部。就是这样一位"百科全书式"的人才,曾陷入当时的新旧党伐之争,惨遭政客小人的诽谤,以致被捕入狱。

这一切还要从"乌台诗案"说起。

御史台狱是关押犯人的监狱,因该监狱长满柏树,树上又常落有乌鸦,故称乌台。1079年,有人从东坡先生的言论和诗集中寻章摘句,指控他"谤讪朝廷",他因此而被当时的神宗皇帝打入大狱,此即历史

上的文字狱"乌台诗案"。四个月后东坡先生结案出狱，被贬到黄州，任团练副使。这个职位就是当地一个没有实权的军事助理官。

东坡先生从御史台狱死里逃生后开始"思考生命的真谛。"这使我联想起1849年俄国作家陀思妥耶夫斯基在刑场由死刑改判为有期徒刑的刹那间，"他对人生意义有了新的理解"[①]。这更使我想起了尼采的那句名言："没有能够打败我的，使我变得更强大。"[②] 他们凤凰涅槃，浴火重生。

不久，东坡先生便谱写出他的千古绝唱《念奴娇·赤壁怀古》

大江东去，浪淘尽，千古风流人物。故垒西边，人道是，三国周郎赤壁。乱石穿空，惊涛拍岸，卷起千堆雪。江山如画，一时多少豪杰。

遥想公瑾当年，小乔初嫁了，雄姿英发。羽扇纶巾，谈笑间，樯橹灰飞烟灭。故国神游，多情应笑我，早生华发。人生如梦，一樽还酹江月。

这首词道出了作者本人对大自然的赞美、对英雄的追忆，最后，还不忘哲学上的思考：人生如梦。这首词有高境，有气势，有洒脱。独绝千古，每每读之荡气回肠。

"乌台诗案"之后，东坡先生的命运跌宕起伏。但无论是外调还是谪居异乡，此间的磨难却使他个人的文学、艺术成就达到了辉煌的顶峰。正如林语堂所说，在他"最悲哀的时候却写出了最好的作品"。同

[①] 格罗斯曼著.《陀思妥耶夫斯基传》，王健夫译.北京，外国文学出版社，1987年，第208页。
[②] 尼采著.《偶像的黄昏》，杨丹、陈永红译.南京，江苏凤凰文艺出版社，2015年，第7页。

时东坡先生仍能为当地办实事如筑堤坝、兴水利、建医院,造福一方,也因此深受黎民百姓的爱戴。

1101年,东坡先生客死常州,享年64岁。

再说这位阳明先生。①

王阳明,名守仁,字伯安,号阳明,浙江余姚人。明朝著名的哲学家、文学家、军事家和书法家。

王阳明

有人说,这位"立德、立言、立功"的阳明先生出自华夏,实为中国的"大幸",而身在华夏不识阳明先生的,实为中国的"大不幸"。

事实上,阳明先生的"心学"深刻影响过近代的革命志士如康有为、梁启超、孙中山等人的言行,甚至远播至日本、韩国以及东南亚国家,成为不少仁人志士的精神之光。

阳明先生1472年出生于官宦世家。据说,他的远祖就是那位写下千古名篇"兰亭集序"的大书法家王羲之,而父亲则是明代宪宗时期的状元。虽然阳明先生从小生长在"书香门第,诗礼人家",但他的身世坎坷,饱受磨难。他5岁时才会说话,但从小便怀揣着鸿鹄之志。在当时主流社会的价值观念中,人生第一要务便是"读书、登第、做官",就是践行儒家的"修身、齐家、治国、平天下"的仕途之路,可在他看来,读书学圣贤才是人生头等大事。13岁时他慈爱的母亲撒手人寰,让他备受精神打击,肝肠寸断。22岁和25岁他两次赴京城参加礼部举

---

① 梁启超等著.《王阳明传》,北京,新世界出版社,2018年,第6-292页。

行的会试，结果都是名落孙山。35岁时因忤圣旨而下狱，之后阳明先生被贬谪到贵州省文修县龙场，做了个小官，驿丞。

如同"唐宋八大家"之首的韩愈一样，他们无论是被贬到潮州或是贵州，都勤勤恳恳地在弥漫瘴气、蛇虺出没的南蛮之地开荒扩土，大启文明，教化百姓。尤其是阳明先生在"龙场悟道"，为他日后的"心学"奠定了基础。

后来，王阳明如同苏东坡一样，在仕途上起起落落。他荡贼寇、平叛乱，50岁时官至兵部尚书（也是二品高官）。51岁至55岁时他居家讲学。1529年，阳明先生病重，于回乡养病的路途，身体每况愈下。在江西南安，弟子问他有何遗言，他回答道："此心光明，亦复何言？"说完便撒手西去，享年57岁。

在中国儒家传统文化中，阳明先生是继孔子、孟子、朱子之后的又一位大儒。他的学说主要有三：一是他认为"心即理"。他说："无心外之理，无心外之物。"强调心为身之本，心为理之源。二是他主张"致良知"。他说："知善知恶是良知，为善去恶是格物。"良知则是人的本心，是人内心世界的一盏明灯。强调良知便是天理，致良知便是存天理。三是他提倡"知行合一"。他说："知是行的主意，行是知的功夫。知是行之始，行是知之成。"强调知行功夫不可分离，从而将"博学之"、"笃行之"统一起来。[①]

由此看来，阳明先生的"心学"思想不仅继承、发扬了中国儒家之经典，又糅杂了佛教禅宗之思想，有了新突破、新高度。

那么，这两位古代大文人与精神卫生有何关系？在这里自然想到

[①] 杜维明著.《青年王阳明》，朱志方译.北京，生活·读书·新知三联书店，2017年，第17–18页。

的是精神健康问题。早在 1948 年,世界卫生组织明确解释了健康的概念:"不仅没有疾病或羸弱,而且处于躯体上、心理上和社会适应良好的完满状态。"半个多世纪后,世界卫生组织(2007 年)又强调"没有精神健康就谈不上健康"。接着,世界卫生组织(2013 年)进一步阐述了什么是精神健康:"它是个体的一种康宁状态——每个人能够意识到他(她)自己的潜能;能够应对生活中的正常压力;能够富有创造性的工作;能够为他(她)自己的社区做贡献。"

由此可见,21 世纪大多数国家随着经济、社会的不断发展和对民众福祉的追求,开始意识到精神健康的重要性。

然而,促进精神健康贯穿着人的一生一世:从咿呀学语的婴幼儿到耄耋之年的长者。况且,促进精神健康不单单是医学上的神圣使命,人文科学同样可以促进精神健康。

例如,音乐自古就有疗愈心灵创伤的功效。

巫医通过音乐可以安抚引起疾病的诸神或是驱赶病人身上的邪恶精灵。在《旧约全书·撒母耳记上》中讲述了扫罗的故事。他健壮、俊美、高大,并被以色列的士师撒母耳在上帝的旨意下选中成为以色列国的第一位王。后来,因扫罗违背上帝及撒母耳的旨意而受到恶魔(evil spirit)的影响,以致严重头痛。于是,扫罗的仆人向他说:"现在有恶魔从神那里来扰乱你。我们的主可以吩咐面前的臣仆,找一个善于弹琴的人来,等神那里来的恶魔临到你身上的时候,使他用手弹琴,你就好了。"[①] 然后,仆人找来一个名叫大卫的美少年,为扫罗弹琴驱魔。当扫罗听到大卫弹琴时,便舒畅爽快,恶魔离了他。这足见音乐的力量。

---

① 李洁编著.《艺术与精神医学》,北京,华夏出版社,2015 年,第 100 页。

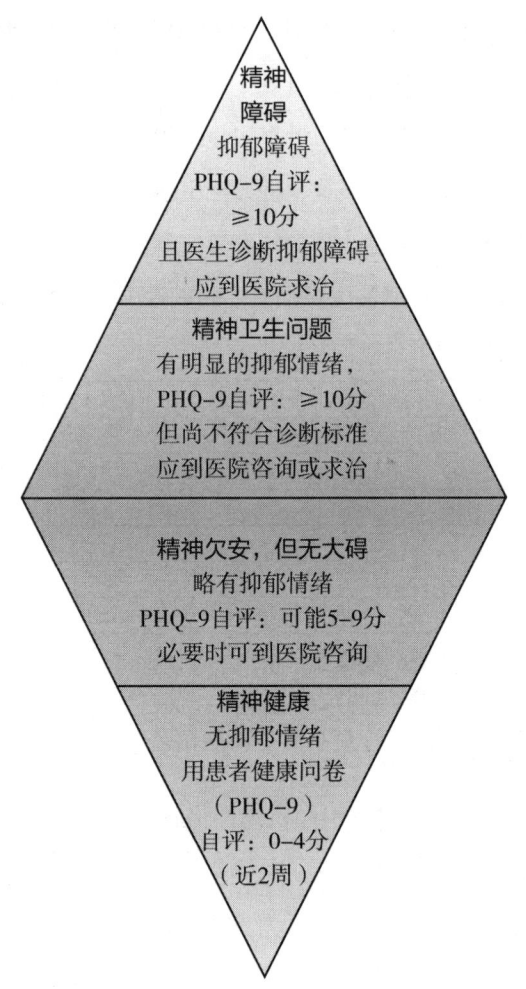

图 1 精神健康与精神障碍的关系（以抑郁为例）

哲学家们更是注意到音乐对精神疾病与精神健康的神奇魔力。古希腊哲学家柏拉图提倡用音乐来陶冶心灵。

19世纪德国哲学家叔本华认为，音乐除了傲然于其他艺术之外，它伟大、绝妙与震撼人心，甚至音乐可以作为医治我们痛苦的万应仙丹。

继叔本华之后的另一位德国哲学家尼采也认为，音乐带给他身心

"松弛"。尼采说:"凡是动物,其生理功能大致皆要藉着轻快明朗、毫无拘束而又自信十足的旋律来作调剂;如此,沉重晦暗的日子才会经由明亮美好而调和的音乐而发出光彩。我的忧郁欣然地渴望在隐匿之处安歇,在完美的顶峰找到休憩之所,基于此,所以我需要音乐。"

当代法国哲学家米歇尔·福柯透过历史考证也发现:"自文艺复兴以来,音乐重新获得了古人论述过的各种医疗能力。音乐对疯癫的疗效尤其明显……如果音乐治愈了疯癫,那么其原因在于音乐对整个人体起了作用,就像它能有效地渗透进人的心灵一样,它也能直接渗透进人的肉体。"

话说阳明先生被贬谪到蛮烟瘴雨的龙场之后,跟随他的仆人在如此恶劣的环境下,害了思乡之病,心怀抑郁。阳明先生便用诗歌和越调曲,又辅以诙谐,来排遣仆人的愁闷,不久仆人的病就消退了。

这两位中国学者兼官员的共同特点皆是才高八斗、学富五车,却在仕途上大起大落、颠沛流离。然而,他们在艰难困苦中不消沉、不颓废、不堕落,依然能修养身心、锤炼人格,保持着积极向上的心态。

阳明先生的门人陈九川曾卧病江西虔州(即现在的赣州),阳明先生告诉他:"常快活便是功夫。"就是说,在生活中要保持一颗快乐的心。

东坡先生从"乌台诗案"中死里逃生后,开始思考如何获得心灵上的安宁,其中之一便是练习瑜伽术(阳明先生也常静坐)。练瑜伽可以帮助东坡先生的身心完全放松,舒缓不少精神压力。

当然,无论他们是外调还是谪居异乡,或多或少地带有旅游的性质,这也使他们趁机饱览江河大川,吟咏自然,排遣了不少心中的愤懑。

现有研究表明，度假不仅可以降低罹患抑郁症的风险，还能促进健康和幸福感。

以上两位先生在人生道路上不断受到强烈的精神刺激，有时官升数级，有时面临生死存亡的，然而，他们却能处变不惊，用"知行合一"的实际行动很好地诠释了精神健康的含义。

当今社会，虽然我们可能在仕途上失败，事业上受挫，爱情上失恋，却不是以迁怒他人、报复社会的卑劣方式来应对。我们要向东坡先生、阳明先生那样，在各种困难面前，内心向善"致良知"，仍要保持着一颗乐观的脑，一颗快乐的心。

年轻人要注意：想事不片面；遇事不冲动；做事不懒散。
中年人要强调：不过分劳累；不过分紧张；不过分生气。
老年人要讲究：知足常乐；知趣常新；知乐长寿。

在山一程、水一程的坎坷中，
在风一更、雪一更的寒冷里，
要如东坡先生所言：
"竹杖芒鞋轻胜马，谁怕？
一蓑烟雨任平生。"

[原载《中国医学论坛报壹生大学》2019年10月]

追忆我的父亲，中国的角儿

——纪念先父李大春先生九十周年诞辰

我从小生长在黄土高坡上的金城——甘肃兰州，家住双城门柏道路的一个四合院中。院子里不仅男女老少皆有，还有美丽的芦花鸡、九斤黄鸡。每天清晨，随着大公鸡清脆的啼声，父亲便起身练功、吊嗓子。

打记事起，我就懵懵懂懂地知道，自己生长在一个梨园世家。祖父李顺山习京剧武行，擅长靠，后课徒。父亲李承义自幼跟随祖父习武，后在天津坐科学艺，出科后在全国各地搭班演戏。①

1956年春，我父亲来到甘肃兰州，在西兰京剧院第一天的打炮戏是《闹天宫》。听说一炮打响，满堂喝彩，从此父亲便将他的京剧艺术献给了这片广袤的黄土地。

时光渐远，我愿在此与读者分享我父亲短暂的艺术生涯，也算是告慰在天有灵的角儿。

1928年农历正月初九，我的父亲出

李大春饰孙悟空

---

① 中国戏曲志编辑委员会编.《中国戏曲志》（甘肃卷：李大春），北京，中国ISBN中心出版，1995年，第673–674页。

生在北京前门石猴街 5 号。8 岁那年，他进入天津稽古社弟子班二科学戏。11 岁时，父亲拜天津武生即师祖李兰亭为师，并在他的小练功房学戏，成为李兰亭先生的嫡传门人之一。

梨园行曾有一个现象叫做"无生不春、无旦不秋"，在 20 世纪 30 年代末，当时红遍大江南北的青年武生李洪春、李万春、李少春，名字中都带个"春"字。于是，跟随李兰亭学戏的 16 位学员将名字都改为带"春"字的名字，如郭承融改为郭景春，李承瑞改为李元春，戴承万改为戴桐春（又叫戴万武），郑承盛改为郑永春。至于我父亲的名字嘛，是稽古社弟子班名誉社长尚和玉先生所改（一说为稽古社班主高勃海）。他操着点天津口音说："嘛这春那春的，咱都要大过他们，咱叫大春！"于是，父亲就有了一个响当当的名字：李大春。①

李大春与李兰亭师徒

父亲可算是跟随李兰亭先生学戏的弟子中的翘楚。李兰亭先生到稽古社传授的第一出戏，就是给父亲排练的《林冲夜奔》，这出很吃功夫的剧目便成了父亲的开蒙戏。之后，先生又给父亲排练了《火并王伦》《武松打虎》《武松杀嫂》《狮子楼》《武松打店》《快活林》《血溅

李大春饰林冲

---

① 马永祥、马腾著.《李兰亭及传人》，北京，中国戏剧出版社，2011 年，第 82 页，第 211—229 页。白少华. 稽古社弟子班回顾. 戏曲艺术，2011 年，第 1 期。

鸳鸯楼》《蜈蚣岭》《乾元山》《金钱豹》《挑滑车》《恶虎村》《八大锤》《白水滩》《石秀探庄》以及《三岔口》等众多"李派"的看家戏。由父亲主演的《火并王伦》和《武松》在天华景大戏院上演后,轰动了当时的天津卫。李万春、李少春郎舅二人看到《三六九画报》刊载的戏单后,专程从北平赶往天津观摩,看完我父亲主演的《火并王伦》和《武松》,他俩感慨地对李兰亭先生说:"那功夫真叫好!好!"不仅赞美了先生教得好,也肯定了我父亲的功夫好。

后来李兰亭先生又给我父亲排练了新戏《侠盗燕子李三》,还把自家独有的武术大梢子棍的双人对打亲传给他。一出《侠盗燕子李三》在天津连演40天,场场客满,使父亲在京、津一带名声大振。父亲不仅是稽古社

李兰亭亲授李大春(左)
1938年摄于天津劝业场

弟子班二科的高材生,还与他的师兄郭景春、师弟李元春合称"天华景三春"。[①]可以说,这几位出类拔萃的师兄弟都继承了李兰亭先生的"稳、准、狠、美、脆、快、干净、利落、帅"的艺术风格。

父亲1944年出科后,在京、津、沪、汉、湘等地搭班演戏。他曾在南京红极一时,后又在上海傍过武生李仲林等名角。1956年经师兄何宝华引荐,从张家口来到甘肃兰州,加入了甘肃省京剧团。

在兰州,父亲与蜚声菊坛的名旦陈永玲一道挑起了甘肃京剧事业的

[①] 马永祥、马腾编著.《李兰亭与天华景武生三春》,北京,中国戏剧出版社,2012年,第262—276页。

大梁，常常是一周为父亲演武戏，另一周为陈永玲唱文戏，天天有戏，场场爆满，每每叫好，两人真可谓珠联璧合，相得益彰，成为1956年至1965年期间甘肃京剧的头牌，代表了当时京剧事业在甘肃的辉煌。我父亲主演的《夜奔》《武松打店》与陈永玲主演的《小放牛》《贵妃醉酒》等，都成为甘肃省京剧团的保留剧目。

李大春饰武松

除了擅演猴戏外，父亲主演的《武松打店》《七侠五义》《白眉毛徐良》等剧目也是精彩绝伦。我曾在《戏剧电影报》上看到过一位资深戏迷的评价，他这样说："李大春身矮、体胖、擅长短打，我看过他的《乾元山》《嘉兴府》《四杰村》等二十多出短打戏，长靠戏则只见过《连营寨》中的赵云。他演的《白水滩》，那干净利落，至今我还没见过第二人。和戴万武合演的《三岔口》，则招招有力，式式到家，一连串快如旋风的'乌龙绞柱'再配以戴的疾如闪电的串小翻，令人目不暇接。"①

后来，一位名叫"一星如月照野松"的资深戏迷在他的博文中如是说："李大春先生的短打武生非常好，他的《武松》戏有其独到之处。其人个儿不高，偏胖，嗓子亮堂，'飞脚'打得尤其好，那'啪'的一声响，干净响亮，今日难得一见。我在早年间曾看过他和戴万武先生的《三岔口》（饰任堂辉）、《铁公鸡》（饰向荣），非常精彩，难以忘却！他的'猴戏'也很不错，他调兰州前三天的打炮戏，就有《大闹天宫》。"

---

① 祖荣祺.想起李大春.戏剧电影报，1994年，总第732期。

父亲不仅擅演传统京剧，还主演过现代京剧《一杆红旗》《火烧望海楼》《草原初春》等。后来我常听戏迷们说："你父亲的扮相俊美，嗓音洪亮，武功高强。"夸得我有些飘飘然了。

当时在兰州还流传着这样一个故事，说在三年困难时期，我父亲下班回家，在途中遇到几个土匪要抢父亲的英国"兰陵"自行车，结果被父亲三拳两脚打翻在地。听我母亲说，当地的公安局还专门派人到家里来调查，结果是查无此事。这也从另一个侧面反映出我父亲创造的艺术形象深入人心。

打记事起，我就知道在甘肃省京剧团里有两个人被称为先生，一个是陈永玲，另一个就是我父亲，叫"李先生"。尽管我当时还不能完全理解先生的含义，但猜得出那是极受尊敬的称呼。现在回想起来，在那个特殊的"文革期间"，还能有这种称呼，简直是个奇迹。当然，在那个特殊年代，这两位先生的戏是演不成了，都被下放劳动，改造思想。我作为小孩子曾经陪伴父亲一起尝过关进"牛棚"的滋味。

20世纪70年代，父亲从事过短暂的京剧教学工作，从天津武清县一下招收了二十几名学员，其中一位叫张巨萍，据说后来成了北京京剧院的台柱子。父亲也有幸完成了文化部获奖作品——现代京剧《南天柱》的武打设计，并出席了1979年在京举行的全国第四次文代会。1980年12月28日，父亲溘然长逝，年仅53岁。

后来，当李万春先生听到我父亲英年早逝的消息，动情地感叹道："大春没有了，实在是太可惜了！"在这里既有惋惜，又有前辈同行的惺惺相惜。

的确，父亲走得实在太早，没有留下任何艺术录音、录像资料。不过在病榻上，他忍着痛，凭记忆完成了弥足珍贵的手抄本《武松醉打蒋门神》《血溅鸳鸯楼》和《武松与潘金莲》等。至此，剧终曲散，英雄落泪，人生落幕。

当然，对于我来说，父亲留给我了满满的回忆：与他一起大半夜起来，去兰州市郊雁滩钓鱼；一起在七里河体育馆看北京队与卢旺达队的足球友谊赛；每月一起在城关区拥挤的大澡堂里搓澡；每天一起在小沟头排着长队去吃兰州牛肉面，那时的一碗牛肉面是两毛一分钱，外加叁两粮票……现在回想起来，这些举动在那会儿可以算得上是比较"奢侈"的生活了。

还记得有一次，父亲在团里练功房给大家一口气拧了40多个旋子，轻飞如燕，赢来同行不断的叫好声与掌声。

虽然父亲早已离我而去，但他那洪亮的声音、纯正的京腔京味、炯炯有神的目光、矮小而硬朗的身板常常浮现在我的眼前，有时我禁不住潸然泪下。

在我心中，他是甘肃也是中国当之无愧的京剧名角。

我曾经跟张巨萍这些学员在兰州"反修馆"旁边的楼上一起练过几个月的功，踢腿、下腰、拿大顶，吃了不少的苦头。只可惜我真不是干这行的料，甚至还被他们戏称为"象牙饭桶"。后来我只好改换门庭，考上大学投奔了医界，悬壶济世。现在快到了退休年龄，不过在我的业余生活中有贝多芬、莫扎特的古典音乐，自然也少不了李少春的《大雪飘》、裘盛戎的《探阴山》等京剧唱段。可以说，远在天边的西洋音乐与近在眼前的中国京剧已经慢慢地融入了我的血脉之中。

在当今全球化、互联网的挑战下，在提倡文化自信的机遇中，希望中国的京剧事业，尤其是武生行当要有传承，更要有创新，在浩瀚的世界文化之林中占据重要的一席之地。

（原载《中国京剧》2018 年第 6 期）

补记于 2019 年农历正月初九

我的母亲，红颜不薄命

——母亲 90 华诞纪念

今天，风和日丽，丹桂飘香。

今天，也是我母亲唐氏大人的九十寿辰。她属蛇，灵动，湖北武昌人。她降生于战乱之际，成长于两朝之间，安度于太平之世。

她既无民国才女张爱玲的出彩人生，也没有湖北老乡郑念的殷实家境，更谈不上林徽因的耀眼光环。在大众的眼里，她就是一个普普通通的家庭妇女。可在我心中，她虽无民国时期的才，却有民国时期的美。

我的母亲

几乎半文盲的她，年轻时姿色与媚态相随，年老时顽强与乐观相伴。

她一心一意照顾我的先父——李大春（可以算得上中国京剧名角），为此，她做了一辈子的拿手好菜。

凡吃过她做的饭菜的那些人，个个都是赞不绝口。如若仅从实践来看，她老人家的厨艺水平绝不逊色于众多的专业厨师。例如，每次回家，我都要找机会吃她亲自下厨做的油炸荷包蛋。跟随我父亲走南闯北的她，据说是在上海学的这道小菜。程序步骤如下：先是洗净锅，开中火，倒清油，放鸡蛋，翻鸡蛋，撒少许盐，放葱末，搁白糖，倒酱油，撒少许味精，捞鸡蛋，最后浇汁。于是，经过几分钟的打理，这道"海派"油炸荷包蛋便闪亮登场了。白里泛黄的鸡蛋上浮着一点点青绿，四周环绕着深褐色的汤汁。一咬鸡蛋，外焦里嫩，随后亮堂堂的蛋黄缓缓流出，一舔蛋黄，爽口滑香，再一嚼，鸡蛋下了肚，鲜味上了头，营养进了脑。这道小菜的关键是，火候要拿捏得十分准确，犹如做人做事的分寸，不卑不亢，不骄不躁。

老太太炸的荷包蛋，我一吃就是几十年，或者说这一咬一舔一嚼便是半个多世纪！母亲有厚福，儿子便有福。因为我是美人所生，既有美食相随，更有美文相伴。

她虽未像郑念老人那样经历过"文革"迫害，但也有过家道中落、艰难坎坷之日。自从"三名三高"的父亲英年早逝后，我的家境曾一落千丈，从天堂转眼到了地狱。顽强、乐观的母亲，带过别人家的小孩，上街卖过红烧肉，千辛万苦十几年。后又罹患糖尿病，"一针"打了几十载。尽管生活艰难、孤独，但她老人家仍很顽强，很陶然，俨然一副兵来将挡、水来土掩的样子。尼采的"一个人必须学会坚强，否则他决不会坚强"[1]就是我母亲的写照。

她晚年身虽孤独，却无凄凄惨惨之境遇，身处暮年，却有红红火火之春意。这便是印证了明末清初的文坛才子李渔说的那句话："乐不在外而在心。心以为乐，则是境皆乐；心以为苦，则无境不苦。"[2]

如果说，在我们李家的骨子里承载着自强不息的奋斗基因，代表了

---

[1] 尼采著.《偶像的黄昏》，杨丹、陈永红译.南京，江苏凤凰文艺出版社，2013年，第87页。

[2] 李渔著.《闲情偶寄》，北京，中国画报出版社，2013年，第237页。

人生的高度，那么，在我们唐家的血脉中则流淌着快乐基因和长寿基因，代表了人生的长度。我相信，既有高度的人生，又有长度的人生，必定会活出精彩的厚重人生来！

祝愿我的母亲健康、快乐！也祝在座的各位亲朋好友健康、开心！当然，也祝我还能有福吃到她老人家做的油炸荷包蛋。

2018 年 9 月写于兰州

2020年初春，我母亲莳养的兰花盛开了。它没有条件摆放在宽大雅致的客厅里，只能待在小小的陋室中。尽管如此，它宽大的绿叶映衬着朵朵红花，红花里吐露出黄色的花蕊，周围泛着淡淡的幽香。这兰花宛如我母亲一生的写照，滋养着自己，留香于他人。

陋室中的兰花，顽强而绽放

补记于2020年农历二月十五日，广州

自那次祝寿之后，我又连续几年吃了老太太炸的荷包蛋。她的确有些风烛残年，但她做的荷包蛋还是那么滑嫩。从心理学视角看，人应当是多个面向的混合体。坦率地说，在现实生活中，母亲就是一把芫荽，我却把她写成了一朵花。

再补记于2020年农历七月十四日，兰州

新冠肺炎疫情中的沉思：
一位精神科医生谈心灵健康

——从关注病态到注重康宁

"假如没有灾难，人不会知道他的局限性，不会认识他自己。"

——列夫·托尔斯泰

2020年初的冬末初春，对于绝大多数中国人来说，是一场突如其来的灾难，一场重大的生死考验。

庚子年年关将至，在江城武汉，不幸大面积爆发了新型冠状病毒性肺炎并迅速波及全国。2月世界卫生组织将这种病毒引起的肺炎称为COVID-19（冠状病毒病）并告诫全球，引起世人关注。可以相信，这场瘟疫终将会被中国人以集体的智慧和力量战胜。

我曾欣赏德国哲人尼采的"超人"，但在这场战役中却真真切切地见证了集体的强大作用。当然，战胜病毒也离不开世界友人的八方支援。

在数月的疫情胶着期间，我这个快要退休的精神科医生除了宅在家里与复旦大学同道负责翻译《公共精神卫生》一书外，还能为大家做点什么？是通过互联网帮助人们纠正错误的认知吗？是帮助人们调整情绪和呼吸吗？这些作用有效却有限，国内大部分心理援助热线和一些精神科同道担负了此项重任。"闭关"在家中的时间让我静静地思考着自己工作的使命：不仅要对精神障碍患者积极开展诊断、治疗和康复甚至预防工作，也有责任去努力促进人群/个体的心理健康。因为 21 世纪初，世卫组织及其有关专家认识到："没有心理健康，就谈不上健康。"① 那么，什么是心理健康？不同的专家会有不同的认识，可谓见仁见智，在此恕不一一列举。

可以说，在这场突发的灾难面前，广大的精神卫生工作者们坚守岗位、积极参与，舒缓心理压力、守护心理健康，功不可没。

疫情暴发期间，正好受《中国医学论坛报》编辑之约，问我在如此重大的灾难面前可否做点专业的事、尽点专业的力？我陷入了久久的沉思……

在这场"切腹般"的痛苦中，我想说的是，当这场大灾大难过后，如何不断提升国民的心理健康水平，如何不断维护其心灵康宁，进而有益于社会和谐、万物和睦，这既是我们的责任，也是从事精神领域工作者的使命。此刻，我想到了一个富有生命力的词以及今后与之相关的工作。在心理健康领域有个词叫"well-being"，翻译为康宁，与幸福有关②，还有人将它译为心灵健康。③ 从现有的文献看，国内精神卫生工作者很少注意到该词并将它自觉地应用到自己的工作与生活当中。广义

---

① Prince MJ, Patel V, Saxena S, et al., "Global mental health 1: No Health without mental health". Lancet, 2007, 370 (9590): 859-877.
② well-being 一词严格地讲，与其说它与幸福有关，倒不如说幸福属于康宁的一部分。康宁可以定义为："是指一种有关健康、快乐或者富裕的状态。"并且，well-being 一词涵盖人的生理、心理、社会经济和文化等多个方面，还可进一步分为主观的与客观的（参见：Mathews G and Izquierdo C. *Pursuits of happiness*. New York and Oxford, Berghahn Books, 2009:1-19.）。显然，本文主要讲的是主观上的 well-being，即心灵健康。
③ 斯宾诺莎著.《简论上帝、人及其心灵健康》，顾寿观译. 北京，商务印书馆，2010 年，第 9 页。

上，它归属于心理健康的范畴。而要获得心灵健康，可以说，离不开我们的生活，尤其是灵性（spiritual）生活。下面围绕着相关的灵性生活展开讨论。

毋庸置疑的是，人都是有灵性的生物（也包括自然界中的低等动物甚至植物）。我们除了物质生活以外，或多或少、自觉不自觉地过着灵性生活。譬如人们在闲暇之余，精心打理几盆花卉或是把玩几方石头或是挥毫泼墨沉浸在"一枝一叶一世界"中，由此会产生一种不可名状的愉悦感，那就是灵性生活。我发现，但凡生活上有趣的人往往都有他自得其乐的灵性生活。只不过国内许多人并没有在意，更没有把它上升到理论层面并加以自觉利用。

其实，19世纪法国医生史怀哲提醒过世人："现代人因工作繁忙，不仅丧失了原有的专注力，就连各领域的灵性也早已不复存在。"[1]但在当下高速运转的社会，我认为灵性少见却依然在，尤其是"灵性经常出自不幸，正如钢是在高温下被锻造出来的一样。"[2]因此，在灾难中，我们及时地认识到人的灵性生活（并不完全与宗教有关），将有助于提升人们面对危险的复原力，有助于提升人们的心理健康水平[3]，进而有益于社会和谐、万物和睦。正如当代秘鲁/美国文化精神医学家阿拉孔所倡导的："所有的精神科医师都应该努力（致力于）培养患者的生物—心理—社会—文化—灵性健康。"[4]

---

[1] 史怀哲著.《敬畏生命》，杨巍译.南京，江苏凤凰文艺出版社，2017年，第195页，第228页。
[2] 詹姆斯·奥特里著.《退休精神》，曹文丽译.北京，生活·读书·新知三联书店，2010年，第37页，第157页。
[3] Koenig HG. Spirituality & health research. West Conshohocken, Templeton Press, 2011, 27,197–198.
[4] 李洁编著.《文化与精神医学》（第2版）.北京，华夏出版社，2017年，第14页，第240–242页。

除此之外，我认为，精神科医师也应当致力于促进整体人群/个体的心灵健康，从关注病态到注重康宁。

一、什么是灵性生活？

灵性是指人精神上的觉醒，并与神圣之物有着某种亲密和联系的感觉。灵性生活是指人内在的、宁静且圣洁的生活。从狭义上看，灵性属于人的一种高级精神活动，有"开悟"、"灵气"等特征。当我们说一个人冥顽不灵，多指他或她固执以外，还有不开窍的含义，缺乏精神上的觉醒。

在意义治疗学派创始人维克多·弗兰克医生看来，人的存在是由躯体的、心理/精神的和灵性的三个层面构成。并且，弗兰克强调灵性一词并非只有宗教上的含义，而是指人类生命中一种特殊的层次。[①] 显然，目前在国内，精神科同道更多地关注于心理的层面，而忽视了灵性层面。

有学者（E.L.Worthington 等，2009 年）为此进一步指出了人类的 4 种灵性。[②]

（一）宗教灵性

在多数情况下，是对某种神如释迦牟尼、耶稣基督等产生亲密与敬畏的感觉。当然，拥有宗教灵性只是人们从事宗教活动的必备而非充分

[①] 维克多·弗兰克著.《活出意义来》，赵可式、沈锦惠译.北京，生活·读书·新知三联书店，1991 年，第 86 页。
[②] Worthington EL and Aten JD. "Psychotherapy with religious and spiritual clients: an introduction". J Clin Psychol, 2009, 65(2): 123-130.

条件。

20世纪初美国作家考门夫人编写的《荒漠甘泉》和《黑门山路》便是她宗教灵性生活的见证。如她所言:"属灵的力量蕴蓄在人的灵中,灵越是经历试炼和争战,就越发有力量。"[①]

(二)人道灵性

是一种与人类的灵性联系。是一种与其他普通人群有着某种天然亲近的感觉,这种感觉通常由爱、利他主义和沉思带来。人类历史上涌现出许许多多个利他主义者。1979年诺贝尔和平奖得主特里莎嬷嬷就是千千万万个充满人道灵性的代表之一,她以微笑与爱温暖过无数孤儿、贫困者和病痛之人的心。

(三)自然灵性

是一种与环境或者大自然的灵性联系。当人们徐徐漫步于大自然的美景中,那种悠然自得的愉悦感便是自然灵性。犹如唐代诗人王维的那首诗:"空山新雨后,天气晚来秋。明月松间照,清泉石上流……"想必当时的山居意境触发了王维的敏感灵性。

(四)宇宙灵性

是一种与世界万物的灵性联系。在这浩瀚的宇宙中,具有宇宙灵性的人常常感到个人的微不足道,却又与宏大的宇宙相连。此时不由自主地使我联想起英国浪漫主义诗人威廉·布莱克的那句诗:"一花一世界,一沙一天堂。"

[①] 考门夫人著.《荒漠甘泉》,阳东、信实译.西安,陕西师范大学出版社,2008年,第114页。

其实，早在两千年前的古希腊斯多亚学派看来，人类不过是宇宙中的微小部分，告诫人类要与宇宙万物和睦相处。

显然，在以无神论为背景的国家，更多的是侧重人道、自然和宇宙灵性。当下在精准医学的氛围中，人们注重物质生活和身体健康的同时，还应关注人们心理健康中更深入、更丰富的精神生活——心灵健康和灵性生活。引导人们的生活节奏稍微放慢，消弭贪欲，舒缓焦躁，顺应自然，引导人们在竞争激烈的后工业化时代少一点戾气，多一份善良；对同属于人类乃至世间万物的自然少一点冷漠，多一份关爱；对创造人类和统摄万物的宇宙少一点破坏，多一份敬畏。唯有如此，才会让一个浮躁的心灵趋于平静；才会让一个躁进的社会变得安静；才会让一个"不堪重负的地球"得以喘息。

二、如何促进我们的灵性生活？

既然我们意识到了心灵健康和灵性生活对促进心理健康的重要性，那么，它们是一蹴而就的吗？肯定不是。这种注重内心而又平静的生活"需要建造和培养"。如何在今后的日常生活中照管好我们的灵性生活从而有助于我们的心灵健康呢？下面给出八点建议供参考。

（一）敬畏生命

德国哲学家黑格尔说过这样一句名言："合理的就是现实的，现实的就是合理的。"因此，人的灵性生活就是要尽量体现在关心周边的万物。从最小的微生物到最复杂的人都有存在的目的，并且对我们是有意义的。

我记得，2003年"SARS"病毒爆发之前，美丽的禾花雀，这小小的生物每年都要从遥远的西伯利亚千辛万苦飞往中国南方省份过冬，其中有不少被"一网打尽"，不幸沦为人们的盘中餐、饕餮宴。我还记得，尤瓦尔·赫拉利在其《人类简史》一书中提到，一头在现代化牧场中的小牛，出生后便被迫与母亲分开，囚禁在一个并不比其身体大多少的笼子里，长此以往，当它出笼遇见其他小牛时，就是它在通往屠宰场的路上……①呜呼哀哉。

当然，我们对野生动物的杀戮也付出了惨重的代价。史怀哲医生在其自传中指出，一个文明社会的根基就是个人和社会在伦理方面的不断完善。这位1952年诺贝尔和平奖得主从小就积极参与保护动物的活动，用他的一生给我们诠释了敬畏生命的真谛，包括所有的生命。

（二）一心向善

医务工作者的终极使命在于祛除疾病，挽救生命，其首要前提是善良。公元前5世纪古希腊从医者在梧桐树下的宣誓，始终贯穿着一心向善的原则："杜绝一切堕落及害人的行为。"②

之后的古希腊哲学家亚里士多德进一步告诉我们，人不仅具有身体的善如健康和外在的善如财富，还包括灵魂（类似于灵性）的善如节制、勇敢、公正和明智，并强调"最高的善就是幸福"③。在亚里士多德眼中，追求康宁有圆满实现肉体与精神活动的含义。

---

① 尤瓦尔·赫拉利著.《人类简史》，林俊宏译.北京，中信出版社，2017年，第92页。
② 希波克拉底著.《希波克拉底誓言》，綦彦臣编译.北京，世界图书出版公司，2004年，第3-4页。
③ 亚里士多德著.《尼各马可伦理学》，廖申白译注.北京，商务印书馆，2003年，第9-25页。

难怪"人文主义之父"彼特拉克的那句名言"愿意为善要优于明白真理"①被无数人文学者奉为自己的圭臬。

当然,别忘了亚里士多德的老师柏拉图还告诫过我们:"每一个灵魂都追求善,都把它作为自己的全部行动目标。"②在柏拉图眼中,真理与知识都是美的,但善的理念比它们更美。

柏拉图

在工作和生活中,我也常常告诉年轻同事和学生,宁愿跟一个不那么聪明但善良的人交友,也不愿意和一个高智商却无善心的人来往。

(三)懂得感恩

感恩是每一个人灵性成长的必修之路。在希波克拉底的誓言中,开宗明义便强调了感恩的重要:"凡教给我医术的人,我应像尊敬自己的父母一样,尊敬他。"在中国传统文化中也有"一日之师,终身为父"的说法。

我曾生活在一个梨园世家,从小感受到师徒之间亲如父子的关系。日本当代企业家稻盛和夫从自己的管理工作中归纳出磨砺心志的《六项精进》,其中第四项就是感恩:"活着,就要感谢。"③因此,感谢养育了

---

① 唐纳德·卡根、史蒂文·奥兹门特、弗兰克·M.特纳著.《西方的遗产》第八版,袁永明、陈继玲、穆朝娜等译.上海,上海人民出版社,2009年,第326页。
② 柏拉图著.《理想国》,郭斌和、张竹明译.北京,商务印书馆,1986年,第261页。
③ 稻盛和夫著.《六项精进》,曹岫云译.北京,中信出版社,2011年,第26-32页。

你的父母，感谢教导过你的老师，感谢提携过你的贵人，感谢帮助过你的朋友……一种发自内心的感恩之情会让你的内心充实很多。

在近代科学的始祖法国哲学家笛卡尔看来，感恩和感谢是人类社会一个成熟的基本纽带。

笛卡尔

（四）拥有快乐

在古希腊哲学中，伊壁鸠鲁是"快乐论"的创始人。他说："当我靠面包和水而过活的时候，我的全身就洋溢着快乐。"① 他认为一切身体和精神上的快乐就是善，一切导致身体和精神上的痛苦便是恶。不过，他还强调心灵的快乐高于身体

庄子

的快乐，并追求一种身体无痛苦和精神无纷扰的心神安宁。与伊壁鸠鲁同时代的中国哲学家庄子则提倡"至乐无乐"，强调不是追求物质上的享乐，而是注重精神愉悦、内心和谐。②

在中国儒家传统文化中，明朝的王阳明先生是继孔子、孟子、朱子之后的又一位大儒。有一次，他的门人陈九川卧病赣州，阳明先生告诉他："常快活便是功夫。"③ 就是说，在生活中要保持一颗快乐的心。

---

① 罗素著.《西方哲学史》（上卷），何兆武、李约瑟译.北京，商务印书馆，1963年，第307页。
② 庄子著.《白话译解庄子》，叶玉麟译.天津，天津市古籍书店，1987年，第143–152页。
③ 王阳明著.《王阳明全集》（壹），北京，中国文史出版社，2014年，第102页。

在我们日常临床工作中所见到的不少抑郁症患者,除了其内在的生物因素和外在的心理社会因素以外,具有的负面认知也常常使其难以快乐。

(五)乐于助人

在亚里士多德提倡的德性中就有慷慨与大方。这些品质有助于为他人服务,更能体现出灵性的特质。像史怀哲医生和特里莎嬷嬷他们的一生,都充满了可歌可泣的乐于助人的故事。

1973年创建"儿童保护基金会"的玛丽安·赖特·埃德尔曼说过,"为他人服务是我们赖以生存的条件"。事实上,当今社会在我们周围慷慨赞助和乐于助人的种种善举并不少见,这不仅体现出利他主义,彰显了个人与社会的良知,亦显示了人们健康的灵性生活。

2018年英国一篇系统综述表明,乐于助人做善事能够促进人的康宁感。①

(六)适当独处

无论理论还是实践都告诉我们,适当独处而感受到的孤独感会让我们浮躁的心态平静下来。

在18世纪的德国,孤独曾是公众演讲的一个热门话题。德国哲学家叔本华认为:"应该训练年轻人从小就适应独处,因为这是通往幸福和心灵宁静的必经之路。"② 尼采也说道:"选择有益的独处,自由、随

---

① Curry OS, Rowland LA, Van Lissa CJ, et al., "A systematic review and meta-analysis of the effects of performing acts of kindness on the well-being of the acts". J Exp Soc Psychol, 2018, 76: 320–329.
② 叔本华著.《一切都在孤独里成全》,李东旭编译.苏州,古吴轩出版社,2018年,第226页。

意、惬意的独处会让你在某种程度上保持美好！"①其实，这种美好就是我们宁静的灵性生活。

记得美国19世纪作家梭罗出版过一部《瓦尔登湖》，讲述他在瓦尔登湖湖畔两年多的独自生活与思考。他觉得在大部分时间内寂寞有益于健康，梭罗和其他人一样对孤独情有独钟，他甚至认为孤独有益于他们的创作灵感。当然，从精神医学的角度谈孤独，是提倡人们适当独处，让自己一颗浮躁之心有所平静，适当过上一种怡然自得的灵性生活，并非那种长期自我封闭的孤僻之举。

（七）热爱自然

热爱和讴歌大自然也常常使人情不自禁地触及灵性生活。看看薄伽丘的《十日谈》吧。这部在欧洲文学史上的第一本现实主义作品，描绘了14世纪佛罗伦萨爆发的"黑死病"。当时的佛罗伦萨愁云惨雾，一片恐慌。有人在尸横遍野的城市中想到了往日大自然的美好："在乡间，听到的是禽鸟啭鸣，看到的是青山绿野，田里的庄稼像海浪似的起伏，各种各样的树木千姿百态……"②甚至，18世纪人们对大自然的欣赏还在英国诞生了一种"如画美"的风景美学。对那些绿意深深、野草蕤蕤和参差多态的景象，人们会情不自禁地产生某种审美活动，而这种赏心悦目极大地丰富了人们的灵性生活。

可以想象当这次疫情过后，人们在闲暇之余摆脱了对病毒的恐惧与各种事物的缠绕，出门踏青赏花、踏雪寻梅必将显得格外宁静而美丽，因为在那里有益于人们的灵性成长。

---

① 弗里德里希·尼采著.《与孤独为伍》，孙若颖译.香港，商务印书馆，2017年，第38页。
② 薄伽丘著.《十日谈》，王永年译.北京，人民文学出版社，1994年，第14页。

（八）喜欢人文

人文泛指人类缔造的各种文化。

在古希腊罗马时期出现了文法、修辞、音乐等七门人文学科以启迪心智、教化人心。正如柏拉图说："艺术作品，随处都是；使他们如坐春风如沾化雨，潜移默化，不知不觉之间受到熏陶，从童年时，就和优美、理智融合为一。"其弟子亚里士多德则认为，欣赏悲剧具有净化情感的作用，体现在医学中就是情感上的宣泄。

到了15世纪的文艺复兴时期，不少学者认为，唯有通过学习哲学、文学和艺术等，人才能真正成为完整意义上的人，所以注重培养多才多艺的通才。显然，在人类历史上，达·芬奇这位意大利的旷世奇才便是一位象征着知识渊博，兴趣广泛和成就斐然的文艺复兴巨擘。

达·芬奇

而在英国文豪莎士比亚看来，灵魂里没有音乐或不被美妙音乐打动的人，都是些不可信任的人。因此，无论是欣赏达·芬奇的《蒙娜丽莎》，还是在维米尔的《戴珍珠耳环的少女》面前驻足观赏，无论是沉浸在莎士比亚那浩瀚的戏剧里，还是赞叹毛姆在《月亮和六便士》中对人性的深刻洞见，无论是参透贝多芬那悲怆的音乐，还是聆听莫扎特那优

戴珍珠耳环的少女

美的旋律，都是丰富的灵性之旅，都有益于心灵健康。

在这场切肤之痛的灾难中，我们清醒地意识到，在促进心理健康的过程中，要自觉注重自己的内心修为，也就是心理健康领域中更深入、更丰富的心灵健康和灵性生活。

有了它，"艅艎何泛泛，空水共悠悠"。

有了它，不畏风雨，不畏恨。

莫扎特

［原载《中国医学论坛报》2020年第46卷(7)期］

慢节奏的快乐生活

——初游爱琴海

"希腊是一片圣地。"

——亨利·米勒

古希腊，她是西方哲学与数学、文学与艺术的摇篮，也是西方医学的源头，是精神医学的发祥地。

古希腊，她是美学的源头，美人海伦的故乡，也是奥林匹克运动会的诞生地。

古希腊，作为欧洲文明的摇篮，汇聚了民主的思想、健硕的体魄和典雅的美感。

古希腊，让芸芸众生魂牵梦绕，就连德国大文豪与科学家歌德也从心底里说道："首先要学习古希腊人，永远学习希腊人。"[1] 在法国大文豪维克多·雨果看来，法国人与生俱来的独特美感与雅典人相似。

尤其是自荷马时代以降，聪慧的希腊人缔造了一个描述精神的词汇：psyche。迄今为止它依然是当代精神医学（psychiatry）的词头。

数千年来，希腊，这片神奇的土地和岛屿，这片充满神话故事的国

---

[1] 爱克曼辑录.《歌德谈话录》，朱光潜译.北京，人民文学出版社，1978年，第129页。

度,膜拜、游览之人络绎不绝。尤其是作为人文学者或是精神科医生,如果不去探访她往日的辉煌,如果不去领略她往日的哲思,如果不去感悟镌刻在神庙中的格言"认识你自己",似乎会留下无限的遗憾。

一

2013 年 6 月 16 日凌晨,我们一行十余人在"广之旅"导游的带领下,乘坐卡塔尔航空公司的飞机从白云国际机场启程,披着朦胧月色飞越阿拉伯海,穿越波斯湾,抵达多哈国际机场。然后,我们暂憩片刻,再从多哈机场转乘。飞机划过天空,飞越地中海,飞向巴尔干半岛的最南端——雅典,数小时后飞机平稳降落在希腊雅典国际机场。

2013 年 6 月 16 日中午,雅典,天清气爽。

我们一下飞机,不顾十几个小时的空中颠簸与劳顿,经过希腊海关,携带行李,快步走出机场,在当地导游的陪同下,乘车迅速穿过雅典闹市区,直奔希腊最著名的雅典卫城。

土黄色的雅典卫城坐落在陡峭的山丘之上,映衬着蓝色的苍穹,俯瞰着蓝色的大海。只可惜当年帕特农神庙中的雅典娜早已荡然无存。赫赫有名的神庙也在战火中只剩下残垣断壁,仿佛时刻向世人诉说着跌宕起伏的悠久历史。倒是矗立在旁边的厄勒忒奥神庙依旧典雅脱俗,在沧桑岁月中散发出不可名状的美感。在这座气势雄伟的卫城,我们依然可见年代久远的青葱翠绿的橄榄树,它象征着和平、顽强与希望。

次日清晨,我们气爽神清。

厄勒忒奥神庙

我们从雅典出发,乘坐"海伦号"游轮驶向基克拉泽斯群岛中的一个非常耀眼的小岛——米高诺斯岛。平稳的游轮不快不慢地驶向大海。深蓝色的海面上时不时泛起翠绿色的印迹和白色的浪花,仿佛海洋女神拖着衣裙轻轻地掠过海面,护送着我们驶向茫茫无际的大海。

在船上,来自黄土地的我,面对着湛蓝色的爱琴海,情不自禁地从心底里吟出:

薄薄的雾,

轻轻的风,

吹拂着我的肉体,

激荡着我的灵性。

蔚蓝色的天,

湛蓝色的海,

水天一色。

美丽的海伦呦,

你在哪里？

黄河流域的后人啊，

想与你相会。

……

之后，带着这种梦幻般的期盼，我们登上了米高诺斯岛。美丽的米岛既有"白宝石"的称呼，又有"风车岛"的美誉。蔚蓝的天空、乳白色的小屋与肉色的人体被戏称为岛上的"三原色"。据说，日本当代作家村上春树的纯情小说《挪威的森林》就是在这里起笔。相传，古希腊社会男性同性恋曾盛行一时。在这里我们依然可见同性恋者的身影，多彩的米岛依旧是他们的乐土。如今同性恋（homosexuality）一词终于从精神医学的词典中消退了，文明在曲折中缓缓向前。这也表明了一位精神科医生不仅要懂得医学本身，还要知晓一定的世界历史文化。

我悠闲、慵懒地仰卧在黄色的沙滩上，享受着明媚的阳光，仰望淡淡的蓝天、悠悠的白云，时而看海鸥自由地低空飞过，时而聆听海边浪花的拍打声，略带悲观心境的我，感受到当下的人生是多么快乐，多么惬意。

此时此刻，阵阵海风夹杂着伊壁鸠鲁的快乐思想吹拂着我的心田。

二

什么是伊壁鸠鲁的快乐主张呢？

位于爱琴海东部的萨默斯岛，不仅是古希腊数学家、哲人毕达哥拉斯的诞生地，公元前 341 年，伊壁鸠鲁也降生于此。据说，伊壁鸠鲁从 14 岁起便开始研习哲学，18 岁时来到雅典，35 岁时伊壁鸠鲁在雅典的郊外创办了他的哲学学园，又称花园学派。要知道，在当时的古希腊盛行着各种学园，如柏拉图的学园（academy）、亚里士多德的学园（lyceum）。他们在此讲学授徒、培养人才。后来，西方社会中的不少学术机构都沿袭了柏拉图的学园名称叫 Academy。有趣的是，在伊壁鸠鲁的学园里具有形形色色的人，甚至包括妓女和奴隶，但"伊壁鸠鲁的花园"却充满着友谊。

作为古希腊的唯物主义和无神论哲学家，伊壁鸠鲁不仅修正和发扬了德谟克利特的原子说，更重要的是，他在先哲们的基础上提出了快乐伦理说。"花园学校"的入口处赫然写道："陌生人，你将会在此留下，因为我们这里最高的善乃是快乐……这个花园并没有刺激你的欲望，反而消解你的欲望。"①

古希腊先哲亚里士多德认为，人间一切活动皆以善为目的，而幸福则是人生的最高之善。在伊壁鸠鲁看来，哪里有快乐，哪里就有幸福。他倡导的"快乐论"，是一种拥有"理智、美好和正义"的快乐生活。②伊壁鸠鲁认为，追求幸福便是追求快乐，而快乐绝非那种沉溺于口腹之欲、满足于声色犬马的"享乐主义"。伊壁鸠鲁的人生快乐，就是一种抵达身体无痛苦、精神无烦恼的宁静状态。③

当然，伊壁鸠鲁除了谈论快乐和幸福的话题外，还直面死亡这个严肃的命题。与其前辈大哲人柏拉图不同，在伊壁鸠鲁看来，人死如灯灭，并无转世灵魂可言。人死后没有了一切感知，也就可以无所畏惧地面对死亡。这样，他为那些不相信天国之人找到了不害怕死亡的理由。

---

① Klein D. Travel with Epicurus. New York, Penguin Books, 2012:9-34.
② 伊壁鸠鲁著.《自然与快乐》（第二版），包利民、刘玉鹏、王玮玮译. 北京，中国社会科学出版社，2018 年，第 36-41 页。
③ Strodach GK. Epicurus: The Art of happiness. New York, Penguin Books, 2012:1-76.

相传，伊壁鸠鲁一生都遭受着疾病的折磨，晚年常常忍受着"肾结石"带来的痛苦，"但他学会了以极大的勇气去承受它"[①]，并用心灵上的快乐来减轻他肉体上的痛苦。这也让我时不时告诉我的患者，要有适当耐受幻觉和妄想的能力。

从某种意义上，伊壁鸠鲁让世人追求的是当下的快乐生活。这不禁使我想起了古希腊神话中阿基琉斯在阴间里的一句话：我宁愿做世俗中的仆人，也不愿做地府里的主人。这又让我联想起了14世纪一位苏格兰骑士和英雄威廉·华莱士的名言："每个人都会死，但不是每个人都认真活过。"

的确，在这纷扰喧嚣的人世间，我们不光要活着，并且要快乐地活着。我们有意要寻找一片宁静之地，安放我们焦躁的内心。

此时此刻，我在点缀着绿树红花、映衬着白墙蓝窗的米岛上，惬意地、慢节奏地享受着地中海的阳光……

一个精神科医生在疗愈别人的同时，也要懂得抚慰自己。

三

2013年6月18日下午，我们又开始了惯常的"跳岛"游，从米岛乘船驶向基克拉泽斯群岛最南边的一个岛屿——圣托里尼岛，简称圣岛，它是爱琴海众岛中颇负盛名的岛屿。

2013年6月19日上午，圣岛的首府。

[①] 罗素著.《西方哲学史》（上卷），何兆武、李约瑟译.北京，商务印书馆，1963年，第307页。

我在圣岛的菲拉（Fira）镇的羊肠小道上闲庭信步，古希腊人睿智的哲思启迪着我平日里有些僵化的头脑。我坐在一个露天小酒吧里，遥望深蓝色爱琴海中的点点白帆，慢慢品尝着浓郁而量少的"希腊咖啡"，独自沉醉在蓝白相间的世界里……其实，这世界何止是蓝白相间呢？窃以为，它是一个生死相伴的世界，是一个香气与腐臭混杂的世界，也是一个欢喜有加却又欲哭无泪的世界。

圣托里尼火山岛

圣岛的傍晚。

黄昏中的圣岛似乎永远处在一种神圣而又神秘的美妙时刻。

我们在当地导游小伙的带领下，在伴随着具有浓郁地中海风情的音乐声中，驱车驶向圣托里尼岛北边的伊亚小镇，它高贵地盘踞在峭壁巉岩上，在此可以欣赏到圣岛最著名的日落美景。来自世界各地的数百名朝圣者期盼着雄浑的太阳落山，静静地等待着黄中带白的火球慢慢西沉的美妙时刻。我也如众人一样在那高低不等的悬崖边，默默等待着黄昏与入夜的交接时刻。当雄浑的"太阳神"披着万道霞光渐渐地坠入爱琴海时，人们情不自禁地鼓起了掌，以示由衷的敬意。那是每个人发自内心的喜悦。那种片刻的神秘喜悦让人难以忘怀。仿佛刹那间，天与海、神与人、白昼与夜晚融为一体。随着夜幕渐渐降临，欢快的"酒神"狄奥尼索斯粉墨登场，高歌欢舞的夜晚开始了……

在圣托里尼岛上遥望的落日

其实，圣托里尼岛的正式名称为锡拉岛。不过，人们还是爱叫它的别名——圣托里尼岛，这是多么富有浪漫气息的名字。

圣岛，这个坐落在蓝色大海上的火山岛，不仅是古希腊大哲人柏拉图笔下的富庶之国，还以它那既平静又火热的个性，迎接着全世界的文艺爱好者、旅游达人、富商巨贾、摄影师乃至新婚情侣来探访和度假。圣岛，永远存留在一些人的心目中。

四

为期8天的希腊度假就这样在众人的依依不舍中结束了。我在半醉半醒中飞回广州，但时不时还沉浸在自己的内心世界里，想起那值得回味的古希腊。

在世界民族之林中，古希腊人不仅拥有"热爱理性、热爱生活、喜欢思考、喜欢运动"[1]的禀赋，还抱有注重健康的观念。当时希腊人对抒情诗人西蒙尼德斯极为尊崇。他不但以诗歌著称，而且"他的言论被人视为至宝"[2]。在西蒙尼德斯的心目中，拥有健康、高贵的品格、因劳作而收获的财富以及与好友度过的年青时代依重要性渐次排序。[3]

可见健康在那个遥远的年代是何等重要。当然，关于健康，柏拉图则进一步强调了人的良好精神状态："智力好"与"品格好"[4]，也就是属于当下心理健康的范畴了。显然，古希腊人极具眼光地开启了心理健康的滥觞。

古希腊——缔造了影响人类持续发展的灿烂文明。

在那里，科学与神话交汇；

在那里，医学与人文融合；

在那里，理性与美感兼具。

但愿古希腊人的健康观念、博学与美感融入你我的血脉之中。

英国诗人雪莱说："我们都是希腊人。"

[原载《中国医学论坛报壹生大学》2020年5月]

---

[1] 依迪丝·汉密尔顿著.《希腊精神》，葛海滨译.北京，华夏出版社，2012年，第27页。

[2] 吉尔伯特·默雷著.《古希腊文学史》，孙席珍、蒋炳贤、郭智石合译.上海，上海译文出版社，1988年，第110页。

[3] 雅各布·布克哈特著.《希腊人和希腊文明》，王大庆译.上海，上海人民出版社，2012年，第137页。

[4] 柏拉图著.《理想国》，郭斌和、张竹明译.北京，商务印书馆，1986年，第106-107页。

我的精神医学之路

——临床实践·社区服务·文化思考

"在精神世界的王国里，我们的职责是缓解人类心灵的危机和冲突；我们的使命是医治人类心灵的痛苦和创伤，这项工作平凡而伟大。"

——作者于 1985 年

庄子曰："人生天地之间，若白驹过隙，忽然而已。"①

曾几何时，我眼望星空，胸怀理想，脚踩大地。

转瞬间，与"60 后"的同辈一样，我即将迈入退休者的行列，不免对工作、对人生感慨万千……

我从事的是临床医学专业，用现在的话来说，就是占据"半壁江山"的精神卫生事业。而用当时的话来说，即为精神病专业。那属于 20 世纪 80 年代的往事了。在那时，但凡提起"精神病"这个词，无论是民众或是亲友，大多会在心里暗笑，在暗笑的背后常常带有几分戏谑。

如今，我不能像一些前辈那样，退休之后依然奋战在临床一线。例如，日本精神科医生中村恒子老奶奶，全天工作一直干到了"日日静好"的耄耋之年。

---

① 庄周著.《庄子》，上海，上海古籍出版社，1989 年，第 113 页。

而我，或许是兴趣使然，或许是担心阳寿不够，决定退休后不再从事这个专业，而试图走上自己喜欢的跨界之路。从某种意义上讲，"退休意味着前进的时候到了……是着手实现梦想的良好开端"①。退休后或许追求一种"云在青天，鹤在松"的诗意生活。

然而，在此之前把自己热爱的精神医学专业做个梳理实有必要，力求像保罗那样安慰自己，或许对后生还有所帮助和勉励。

一、临床实践

"医学这门学科需要高度整合心智与道德，并让人求新、务实并有慈悲。"②

——威廉·奥斯勒

1980年，我考入黄土高坡上的兰州医学院（现兰州大学）医疗系。除了接受医学生的必修课和选修课之外，我还对西方文学、哲学和美学颇感兴趣。

1982年，我有幸读到《朱光潜美学文集》。在朱氏的文集中我首次遇到了弗洛伊德——这位饱受争议的精神分析鼻祖。当时处于性饥渴与性苦闷的年轻人，不仅知晓物理上的性（异性相吸），还懂得了心理上的性（恋母情结）和道德上的性（升华）。

1984年，我又顺藤摸瓜拜读了弗氏的《精神分析引论》，激发了我

---

① 詹姆斯·奥特里著.《退休精神》，曹文丽译.北京，生活·读书·新知三联书店，2010年，第25页。
② 威廉·奥斯勒著.《生活之道》，日野原重明、仁木久惠编注，邓伯宸译.桂林，广西师范大学出版社，2007年，第18页。

从事精神科专业的愿望。

1985年，血气方刚的我大学毕业。当时筹建数年的兰州市第三人民医院（精神病专科医院）正在招兵买马，准备开张。于是，我托关系主动投奔这家地处偏僻的医院，开始了"从一而终"的精神医学之路。这也是在那个生存环境中，令我十分快意的一次"自由选择"。

就在那年，我有幸获准到北京安定医院进修一年。因此，无论是精

与萨特（蜡像）合影

神科医生的临床诊疗思路，还是相关的知识框架，我都受教于"安定"，并以此为荣。在进修期间，我不仅系统学习了临床精神医学，还继续拜读了弗氏的《梦的解析》和《图腾与禁忌》。进修过后，我又阅读了荣格、阿德勒、荷妮和弗洛姆等人的专著，在当时的市级精神病医院俨如一个精神分析学派的理论传人。只可惜，在日后的精神科临床实践中尚无高人在此领域点拨后生。

众所周知，在过去数十年间的临床实践中，药物治疗、心理治疗和"电休克治疗"是精神科医生的惯用法宝。然而，令人备受挫折的是，它不像外科那样对不少疾病是精准施策"手到病除"。迄今为止，精神障碍大多病因不清，病情反复，令人头痛。一些神经科患者（脑卒中）常常是被人抬着入院，之后是独自走着出院——"横着进去，竖着出来"。而形成鲜明对照的是，一些精神科患者（接受"电休克治疗"）却常常是独自走入病房，之后却被人抬出病房（意识丧失）——"竖着进

去，横着出来"，让人不悦。这表明在临床医学的实践中，精神医学仍然滞后。

然而，学科滞后阻挡不住我观察病人、学习医术和思考医道的前进脚步。我依稀记得，在汕头大学精神卫生中心负责病区管理的过程中，有些精神分裂症患者在服用典型的抗精神病药物的起初，其病情往往没有减轻反而加重，这是药物的矛盾现象。后来，我在《精神药理学入门》（英文版，普强公司，1983年）一书中查到这种现象与神经元突触前膜上的自体受体有关。在加药初期的较低剂量，药物阻断突触前膜上的受体，阻止对多巴胺合成的抑制反馈，发挥出拟多巴胺能的作用，于是病情加重。而随着药物剂量的不断加大，突触前膜上自体受体的调节失效，便在突触后膜发挥出抗多巴胺能的作用，于是病情缓解。精神药理学不像精神分析学那样"主观臆断"，因此，我似乎在精神科临床实践中找到了指路明灯。

2001年，我有缘拜读了美国加利福尼亚大学斯塔尔教授撰写的图文并茂、风格独特的《抗抑郁药物的精神药理学》（英文版，剑桥大学出版社，1997年），读后让人顿开茅塞、爱不释手，此书对自己的临床工作颇有帮助。之后，斯塔尔教授又出版了他的扛鼎之作《精神药理学精要》（英文版，剑桥大学出版社，1996年，2000年，2008年，2013年），这是一本解释精神药物的作用机制的精妙读物，令我受益终生，也由此成了他的学术拥趸。并且，在临床实践中感觉精神科医生有了像精神

与 S. M. Stahl 教授合影

药理学这样的坚实基础，这个行当的医生不再仅仅是看相、解梦的"江湖郎中"了，它正在回归医学本身。可以说，在精神科的多年临床实践中，我不仅具有较为扎实的精神药理学等知识（医学层面），还拥有聆听患者、善于与其沟通的技术（心理学层面），并让患者在磨难的病痛中寻找生活的意义（哲学层面），这足以让我成为一名合格的精神科医生了。

九层高台，始于累土。

我在精神科临床上摸爬滚打数十载，既有山一程、水一程的艰辛，也有蓦然回首的高光时刻。

与恩师向孟泽教授合影

那是从最低层住院医生做起，再到病区主任、医教科科长乃至副院长，一路走来战战兢兢，汗洒临床，心系患者，且得贵人提携。虽无业峻鸿绩，但也终修医道与人文。尤其是近十年来，我坚持每天早晨7点前到医院上班，且部分是以走路（"11路"）当车，风雨无阻，少有间断。我常常调侃自己，咱就是医院中的"7-ELEVEN"。

与前辈张明园教授合影

苍天不负有心人，我遂于2017年晋升为一级主任医师。

二、社区服务

"科学应转而关注群体、不同群体的人，群体心理学和社会学，研究相互关系，个人与自身所处的不同群体之间的关系。"[①]

——彼得·沃森

1994年，我有幸在华西医科大学（现四川大学）师从向孟泽教授，攻读"社区精神卫生"方向的硕士学位。从那时起，我一只脚在临床实践，另一只脚便踏进社区服务。尤其在拜读世界心理社会康复协会前主席M.Gittelman教授的一篇文章"到2000年确保用公共卫生的方法服务精神障碍患者"后，我突然有了醍醐灌顶之感。自此而后，我从单个临床服务的视角渐渐转向了患者的家庭与社区。

先说患者身处的家庭。

大多数精神障碍如精神分裂症、双相障碍和重性抑郁障碍往往呈现出慢性化病程。因此，患者家属对他们的照料就显得十分重要。譬如说，家庭对精神分裂症患者提供的情感上、经济上的恰当支持，则会有益于患者的心理社会康复。记得20世纪70、80年代，英国学者（G. W. Brown, 1972年；C. E. Vaughn & J. P. Leff, 1976年；J. P. Leff, et al., 1982年,1985年）针对精神分裂症患者家庭提出的"情感表达"理论，对预测精神分裂症患者的复发具有一定作用。换言之，生活在高情感表达家庭（对患者批评、敌意和过分卷入）中的患者更容易复发。因此，在面对诸如精神分裂症患者的治疗时，不仅针对患者本人，也往往包括

[①] 彼得·沃森著.《20世纪思想史》，张风、杨阳译.南京，译林出版社，2019年，第1095页。

其家庭。几位同门师兄都涉足此领域,并与 J. P. 莱夫教授多有联系,我日后也或多或少受其影响。

因此,在临床实践中,除了针对患者以外,我还常常告诉家属如何要有爱心和耐心去照料身边的患者,因为精神障碍大多趋于慢性化。这使我想起,美国哈佛大学人类学与精神医学凯博文教授用心、用力照料罹患阿尔茨海默病的爱妻长达八年之久。按照他的话来说,是一种"在场"——用心陪伴。

与 L. P. Leff 教授合影

这足以显示在照料慢性精神障碍患者时的家庭力量。

再说患者身处的社区与社会。

自 1952 年起,随着抗精神病药——氯丙嗪的诞生,欧美不少国家基于社会、管理和法律的变迁将大量长期住院患者从大型精神病医院转移至社区。虽然与之相关的"去机构化运动"饱受诟病,但雄关险隘也阻挡不住社区精神卫生服务的前进步伐。

21 世纪伊始,以研究为主的生物精神医学在全球有了迅速发展,而以实践为主的社区精神医学在高、中收入国家也逐渐展开。以英国国王学院精神医学研究所桑尼克罗夫特等教授领衔主编的《社区精神医学教科书》(英文版,牛津大学出版社,2001 年)标志着社区精神医学也逐渐登上了精神医学的大舞台。而在中国,2004 年由国家卫生部疾控局主导、"北大六院"牵头，开展了延续至今的精神卫生"686 项目"，众多的严重精神障碍患者及其家庭由此获益。

有幸的是，2010 年在中山大学公共卫生学院凌莉教授主导的《广州区域卫生规划，2011～2015》中，我负责精神卫生子规划，从宏观视角探讨当地的精神卫生资源与发展。这项成果最终被写入"广州市医疗卫生设施布局规划（2011～2020 年）"（穗府办 [2013] 30 号）。我想，当时能由一个精神科医生主导当地政府的精神卫生规划，这在全国实属少见。在此期间，我还有幸获得法国政府提供的奖学金奔赴法兰西，考察他们的区域卫生规划，并与乔治·马聚雷勒医院、里尔精神卫生公立医院的阿利米、穆勒医生建立了良好的私人友谊。[①] 在他们眼里，我是一个最"法国式"的中国精神科医生，即感受到法国精神医学的独特风采——对直觉性和神秘性的认同。甚至我觉得，与英美精神医学和心理学有所区别的是，法国精神医学"总是保留着一个更富诗意与美感的元素"[②]。

自 2013 年起，我们主要与英国国王学院的 G.Thornicroft 教授进行社区/公共精神卫生领域的学术交流与合作。2015 年，我负责创立了"广州精神卫生服务新模式"——PTSA（政策、培训、服务和评估）（广州市卫生计生科技重大项目），并于 2017 年跟中外同仁一道在中国率先开启了"抗病耻感行动"，促使精神卫生服务迈向一个更广阔的领域——充分体现人性化的关怀。

目前，我还参与 G.Thornicroft 爵士主导的"国际歧视和病耻感结局研究"，活跃在世界抗病耻感的舞台上，是世界第 8 届（哥本哈根，

---

① 李洁. 一位精神科医生的旅法散记. 侨时代，2013，1(1)：76–77.
② 肖恩·霍默著.《导读拉康》，李新雨译. 重庆，重庆大学出版社，2014 年，第 10 页.

2017年）、世界第9届（新加坡，2019年）抗病耻感大会的顾问成员，2020年又成为《柳叶刀》旗下精神卫生病耻感委员会的委员。

除了社区的具体服务之外，我还注重学术思想的引进与构建。自2003年"SARS"以降，在中国社区精神卫生领域开始用公共卫生的方法解决精神卫生问题，但在理论上乏善可陈。2012年我翻译了我的良师益友G.Thornicroft教授与意大利维罗纳大学M.Tansella教授合著的《追求优质的精神卫生服务》（人民卫生出版社，2012年）。该书言简意赅，原著曾被翻译成十余国文字，流传广泛，影响深远。它为中国精神卫生服务增添了理论基础和实践指引，深受同行的广泛好评。

与 G. Thornicroft 和 M. Tansella 教授合影

时隔八年之后，我与复旦大学公共卫生学院梁笛博士主译了由美国约翰·霍普金斯大学伊顿和法林两位教授主编的《公共精神卫生》（人民卫生出版社，2021年）。该书将公共卫生的理念、方法与精神卫生领域的最新研究成果与实践结合起来，强调"医学整体观和生命历程视角"，有望成为我国当下公共精神卫生中的又一盏指路明灯。

三、文化思考

> "精神科医师不仅面对痛苦的人，还面对苦难的人。前者依靠科学的力量，后者仰仗人文的智慧。"[①]
>
> ——作者

相对而言，在近半个世纪的精神医学领域，以精神药理学、神经影像学和分子遗传学为代表的生物精神医学发展迅速、硕果累累。然而，大多数精神障碍依旧是病因不清，机理不明。

尤其是近些年来，在我的周围"充斥着"不少头衔颇多的医学科学工作者，他们常将高产的 SCI 论文引以为傲。的确，管他们叫优秀的生物科技工作者毫不为过，而称他们为优秀的精神科医生，则恐怕是盛名难副。凯博文教授曾尖锐地指出："如今，我们正处在生物精神医学的霸权时代，似乎它非常适合美国医疗服务体系，它用效率和成本削减取代了质量……犹如涨潮一般，它冲刷了许多心理社会和临床研究，取而代之的，是对神经科学乌托邦的浪漫追求，并视其为圣杯。而这与从业者的工作少有关系。"甚至遗传学和神经科学中令人兴奋的新发现也远离临床工作。

的确如此，不像内科和妇产科，除了医学本身之外，精神科还更广泛地涉及社会学科和人文学科。例如，在精神医学领域为什么会有"反精神医学运动"？为什么会有"批评精神医学"的声音？为什么会涌现

---

① 李洁编著.《文化与精神医学》，第 2 版. 北京，华夏出版社，2017 年，封面。

出不同的"后精神医学"？根植于西方神话中的"俄狄浦斯情结"在华夏大地上具有文化上的等价性吗？甚至"有病，还是没病"，也未必都属于医学范畴，而是某种社会建构，比如"同性恋"的曲折命运便是一个例证。

于是，自 20 世纪 50 年代伊始，在北美和欧洲逐渐涌现出精神医学中的一个新分支——文化精神医学，它以美籍华人曾文星教授编著的《文化精神医学大全》（英文版，学院出版社，2001 年）以及英国 D.Bhugra 与 K.Bhui 教授主编的《文化精神医学教科书》（英文版，剑桥大学出版社，2007 年，2018 年）等著作为标志，大有取代社会精神医学之势。

文化精神医学这种融合了"两种文化"的多学科特征恰恰是国内广大精神科同道兴趣不够、认识不深和研究不足的空白领域。记得贝克尔与凯博文曾说过："正如没有精神健康就谈不上健康一样，撇开文化因素，则算不上真正的精神医学（或医学）。"研究精神医学的社会文化因素多体现在文化精神医学的领域，它来自精神医学，又深受医学人类学、精神疾病流行病学和临床心理学甚至哲学的影响。

引我走上这条探索"心灵"之路的，当属美国夏威夷大学的曾文星教授。虽然这条羊肠小道偏僻且充满荆棘，但它却通往人的内心世界。也正是这位传奇式的先生帮助我开启了通往世界的学术窗口。2005 年他与意大利跨文化精神卫生研究所 B.Goffredo 教授共同创立了世界文化精神医学协会。2009 年 9 月我受两位创始人之邀，与他们相识在罗马城附近极具中世纪风貌的小镇诺尔恰，并从 2015 年起担任该协会的中国理事。

自 2014 年起，我与国内同道连续 7 年在中华医学会精神医学分会举办"文化与精神医学"专题分会,还独自在国内编写了《文化与精神医学》(华夏出版社,2011年,2017年)和《艺术与精神医学》(华夏出版社,2015年)两本著作,不遗余力地阐扬文化精神医学的理念。

现在回想起来,行走在这条道上颇有一种"上高山,入深林,穷回溪,幽泉怪石,无远不到"的美学意境。

可以说,在该领域的探寻往往超越了临床医学本身,比如探讨哲学、后殖民主义、恐怖主义、全球化以及移民潮对精神卫生的影响。在此当中最为耀眼的一颗明星当属美国哈佛大学的凯博文教授,他创立的"分类谬误"早已镌刻在精神医学的史册上。正如加拿大麦吉尔大学基尔迈耶教授惺惺相惜地说道:"透过他(凯博文)真知灼见的写作,他的高瞻远瞩和领导力激发了整整一代学者。"[①]

依我看来,继20世纪60年代美国当代社会学家欧文·高夫曼以《精神病院》和法国思想家米歇尔·福柯以《古典时代疯狂史》作为探索"疯癫与文明"关系的成果之后,在21世纪WACP这个松散的、并不起眼的学术团体中,以凯博文、列特尔伍德、基尔迈耶以及阿拉尔孔等心智卓然的学者为代表,他们用独到的感受力和深刻的见解照耀着心灵的疆域。

幸运的是,我不仅时常领略到他们的学术风采,还有缘与凯博文教授于2018年在美国哥伦比亚大学同台领奖。他荣膺该领域"终身成就奖",我则获得了"创新教育奖"。[②]

[①] 李洁,赵旭东."第二届世界文化精神医学大会介绍".中华精神科杂志,2010;43(2):121–122.
[②] 李洁,冉茂盛,赵旭东."第五届世界文化精神医学大会介绍".中华精神科杂志,2019;52(1):102–103.

其实，对我而言，此时此刻得奖名称并不重要。重要的是，能与世界一流的学者站在赫赫有名的学术舞台上共同交流与获奖，无疑是上苍对愚生天道酬勤的一种褒奖，而且，更有一种心心念念的学术"在场"感。

走笔至此，我三十几年的医学生涯渐渐接近尾声，不免心生伤感，犹如残阳西落。不过，令人欣慰的是，

与 A. Kleinman 教授合影

在精神科工作，我最大的收获是从 ill-being 到 well-being，即从对精神障碍患者的诊疗、康复转向了对全人群的心理健康促进。而这种转变在一个后现代、后疫情下的精神医学时代，显得格外重要。

当然，对我而言，在通往德国哲学与精神医学双料大师卡尔·雅斯贝尔斯安身立命的"智慧之路"上，不仅充满各种劳苦与挑战，还能像我们 19 世纪的病友——荷尔德林诗人那样，"但还诗意地安居在这块大地之上"①。想到此，我的心不由得由悲转喜，涌现出"行到水穷处，坐看云起时"的那番禅意。

---

① 海德格尔著.《人，诗意地安居》，郜元宝译，张汝伦校.上海，上海远东出版社，2011年，第91–93页。

医道与人文的守望者
——一个精神科医生的散文随笔集

作者在葡萄牙罗卡角

[原载《中国医学论坛报壹生大学》2020年10月]

医道与人文的守望者

——当我遇见散文

> 依我看，生命大抵不过是一篇可歌可泣或苍白无力的散文。
>
> ——作者

记得当代人文学者刘再复曾说过："写作只是提升生命与提升灵性的需求，与功名、权力、市场无关。"① 此话对我尤为适合。

作为医生的我，自然与改善生命质量有关；而作为精神科医生的我，必然和探索灵性有缘。由此看来，我跟写作脱不了关系。

所幸的是，我的一生除了医学之外，还与文学、哲学和美学结卜了不解之缘。于是，生命、灵性、阅读间或写作就自然而然地伴随着我的后半生。

那是近四十年前的往事。

我记得，在那个物质与精神匮乏的20世纪80年代，我主动成为甘肃兰州的一名精神科医生。不过，那时候我就嗜书如命，好似孔乙己嗜酒一般。在当时地处偏远落后的大西北很少能见到精神医学的英文专业书，我花了76元——几乎一个月的工资——购买了世界上最具权威的

---

① 刘再复、吴小攀著.《走向人生深处》，北京，中信出版社，2011年，第17页。

精神医学书籍《卡普兰精神医学综合教科书》（英文影印，第4版，第1、2卷）。

  我还依稀记得，出于对精神医学的酷爱，1989年底我满怀激情，自费从黄土高坡上的兰州乘坐绿皮火车，两天一宿哐当哐当赶往北京，专程拜见"北大六院"的许又新老师。那时的他，在业界如日中天。我带着自己手写的十几万字书稿来到许老师的家中，用短短半天的时间向他讨教有关哲学、"反精神医学运动"[①]与精神医学的问题。许老师家的客厅不大，他的个头不高，鼻梁上架着一副厚镜片的眼镜，透过眼镜的眼神流露出教授的自信。他一边抽着"七星牌"香烟，烟雾缭绕，一边思绪飞扬地聊起了他对"天才与精神疾病"的看法。其间，他向我展示了萨斯兹的作品《精神疾患的神话》（英文版）——那场运动的扛鼎之作。交谈中还顺带告诉我国际同行送给他的《卡普兰精神医学综合教科书》（第1卷）。我着实羡慕他的哲思和英文藏书，也暗喜自己一个小大夫却拥有那套书的完整两卷，尽管我对卡普兰的皇皇巨著也只是浮光掠影，寻章摘句罢了。

  当然，除了精神科的典藏书籍之外，我还省吃俭用地购买了《莎士比亚全集》和《鲁迅全集》，两套书加起来超过百元大钞。这在当时也是个不菲的数目，更何况在那个金钱至上的年代，人们大多追逐于物质上的满足。

[①] 反精神医学（anti-psychiatry）一词由南非出生的英籍精神科医生库珀于1967年创造。反精神医学运动是指兴起于20世纪60年代欧美国家的一种文化、医学思潮。这种思潮质疑精神障碍在医学上的真实存在，以美国精神医生萨斯兹，英国精神科医生莱恩（库珀的同事和好友）等学者为代表。在他们看来，与其说一些人患有精神障碍，倒不如说遭遇了"生活难题"。其代表作有《精神疾患的神话》（Szasz，1960/1961年）《分裂的自我》（Laing，1960年）和《精神医学与反精神医学》（Cooper，1967年）。

我还记得，邻居家的一个俊俏姑娘正值女人的山花烂漫期，招引来不少的追求者。有一天，一个高个但略显平庸的年轻小伙，手里攥着万元存折，高声喊着"我来了！"声音响彻我家住的四合院，生怕别人不知道。他的这招虽略带点滑稽，但还挺奏效，不久便把邻居家那位娇俏姑娘娶回了家。不过，他们成婚几年后分手了。据说，那少妇又遇到了更大的"万元户"。当时我的心情是五味杂陈的。青春萌动的我，一方面爱慕大美女，羡慕"万元户"；另一方面我又十分清高，觉得自己是个医生，有文化，自诩精神上的"万元户"，颇有一种"阿Q"的味道。不过，话又说回来，在那个年代的精神医学界，坐拥那套教科书或莎翁、鲁迅全集的精神科医生，在全国恐怕也是屈指可数的。

时光流逝几十载。这些大大小小的书籍跟随着我一路南下，从黄秃秃的金城兰州辗转到了绿油油的羊城广州。斑驳的岁月让书籍慢慢泛黄，可它们依旧是我书斋中的镇宅之宝，我的精神食粮，并且还促成了我日后爱读英文原著和人文社科以及荡涤心灵的散文。下面慢慢呈现出我的散文园地。

一

提起散文，早在20世纪80年代读医科时，我无意间买到一本由上海教育出版社出版的《散文选》第二册，其中囊括了茅盾、巴金和老舍等四十几位著名文人的作品，爱不释手。特别是读到梁遇春的"救火队"，对他留下了深刻的印象。正如他动情地写道："真正的救火夫应当冲到火焰里，爬上壁立的绳梯，打破窗户进去，差不多是拿自己的命来换别人的生命，一面踏着危梁，牵着屋角，勇敢地拆散将着火的屋子，甚至就是自己被压死也是无妨。"①我仿佛身临其境般地感受到消防员的使命与壮举，也让我一个即将行医的准大夫对挽救生命产生了敬畏。

从那以后，每当我听到消防车的警笛声，"救火队"橙红色的身影便浮现在我的眼前，似乎自己出现了"反射性幻觉"②。

如果说遇春与橙红色的火相伴，那么我将与暗绿色的命抗争。

渐渐地，我对读散文也产生起兴趣来，仿佛散文成为我苦闷人生中的第一个精神伴侣。

后来，又在那家出版社的《散文选》第一册里读到过鲁迅的"这个与那个"，其中说道："中国一向就少有失败的英雄，少有韧性的反抗，少有敢单身鏖战的武人，少有敢抚哭叛徒的吊客；见胜兆则纷纷聚集，见败兆则纷纷逃亡。"③见地多么深刻，措辞多么犀利！原来做人以可有世俗的叛逆——如此的勇敢、无畏和不势利。

在朱自清的"背影"中，看到作者在人海茫茫中，殷切期盼着与那肥胖的、身穿青布棉袍、黑布马褂的父亲相见。淡淡的文字流露出浓浓的父子情深。在这里压根看不出弗洛伊德的"反父情结"。

在徐志摩的"我所知道的康桥"中，又见到那位青年才俊的十分惬意：时而坐在温软的草坪上读书、看水；时而仰望着悠悠的白云。徐志摩在遥远的西方看天、看水、看书，而我却在百年后的东方依然羡慕他

---

① 北京大学、北京师范大学、北京师范学院主编.《散文选》第二册，上海，上海教育出版社，1979 年，第 110–118 页。
② 反射性幻觉（Reflex hallucination）是指患者某个感觉器官感受到现实刺激时，其另一个感觉器官产生幻觉。例如，某患者听到（听觉）关门声，便看见（视觉）陌生人站在门口，多见于精神分裂症。
③ 北京大学、北京师范大学、北京师范学院主编.《散文选》第一册，上海，上海教育出版社，1979 年，第 55–61 页。

的才分、才情、才华。

这些美文的字里行间流露出勇猛与真情。不仅如此,每当欣赏散文的同时,它那振拔、善意和美趣的优良品质也在不知不觉地融入我的骨髓、血脉之中,慢慢地塑造着我的人格,逐渐使我做人率真,做事认真。

纵然生活沉闷无趣,却要活出精神来;尽管生活无奇,却要活出诗意来;哪怕生活苍白单调,也要寻找出五颜六色的美感来。

久而久之,我不仅喜爱收录他们的散文佳作,还忙里偷闲地拜读他们各自的散文集。例如,读周作人的《谈龙集》《谈虎集》,也读余光中的《散文集》、余秋雨的《文化苦旅》,看林语堂、白先勇、林清玄、史铁生的散文选,亦看其他大家的散文选。读他们的散文如食五味,有的甘甜,有的辛辣,有的清淡,有的酸中带苦。

当然,中国古代散文家的作品犹如陈年老酒也不知不觉地飘进了我的书斋。

我先是追随庄周"乘云气,御飞龙,而游乎四海之外"。[①]

好一个自在。

接着跟随王羲之来到绍兴兰亭欢畅小聚,"此地有崇山峻岭,茂林修竹;又有清流激湍,映带左右。引以为流觞曲水,列坐其次。虽无丝竹管弦之盛,一觞一咏,亦足以畅叙幽情"[②]。

好一回快哉。

然后又与柳宗元在永州萧然"上高山,入深林,穷回溪,幽泉怪

[①] 庄子著.《庄子散文选集》,北京,百花文艺出版社,2012年,第9页。
[②] 王羲之著.《兰亭集序》,香港,商务印书馆,2010年,第31–57页。

石，无远不到。到则披草而坐，倾壶而醉。醉则更相枕而卧。卧而梦，意有所极，梦亦同趣"①。

好一场美梦。

读散文不仅能使我自在，快哉，做美梦，更能锻造我的思想。

譬如读蒙田试笔，让我知道了热爱生命、锻炼筋骨与灵魂的重要；读培根的散文，让我懂得了知识的分量；读帕斯卡尔的《思想录》，让我明白了人其实不过是一根会思考的芦草，娇嫩的脑细胞却承载着厚重无比的思想；读加缪的散文，也让我知晓了面对人生荒诞时的不懈努力。读这些思想深邃的散文让我觉悟了世界的颜色并非只有"红与黑"，而是赤橙黄绿青蓝紫。

正如加缪所说的："在世上，我最尊崇的一种美德就是永不放弃生活，坦然面对生活的态度。"② 这句话也时常成为我跟患者分享的精神果实。加缪告诉我们，在如此荒谬的现实面前，要让自己的心灵坦然面对。那么，如何让我们的精神痛苦的患者内心变得坦然，来面对荒谬的人生呢？现在看来因人而异，法无定法，只有各显各的神通了。

可以说，阅读这些深邃的哲理散文，让我在思想深度、知识广度上皆远远超越了我的医学同侪，也是我日后主动选择乃至酷爱精神科的重要缘由之一，因为精神医学不仅依附于自然科学，还要仰仗于社会科学与人文学科。

还有，最早让我认识大文豪莎士比亚的，不是莎翁本人的浩瀚戏剧，而是我的邻居"兰州一中"数学老师陈老师家收藏的一本《莎士

---

① 柳宗元著.《柳宗元散文选集》，北京，百花文艺出版社，2012年，第16–19页。
② 加缪著.《西西弗斯的神话》，闫正坤，赖丽薇译.南京，江苏文艺出版社，2012年，第225–236页。

比亚戏剧故事集》。那本小集子让我首次领略到英国还有一个如此睿智的莎士比亚！

毋庸置疑，英国散文家查尔斯·兰姆和其姐姐将莎翁的皇皇戏剧改编得如此通俗易懂，为在全世界传播莎剧功不可没。后来得知查尔斯·兰姆跟他的姐姐玛丽·兰姆皆为不幸，罹患精神障碍。尤其是，得了忧郁症的弟弟常要照顾病情反复发作的姐姐。两人在残酷的现实生活中相依为命，与病魔抗争。然而，在兰姆枯燥乏味的工作中，寂寞而荒凉的人生里，他却能利用业余时间写出了幽默生动的《伊利亚随笔》，生命力是何等的顽强，他在阴暗痛苦的人生中为我们涂抹出一道亮丽的色彩。正如梁遇春认为的，虽然兰姆身陷凄凉困苦，却有着疗愈心灵创伤的本领。

兰姆的例子也常常成为我在临床工作中鼓励精神病患者顽强生活的良好榜样：接受不如意的现实而又努力生活。如果照卢梭所说，掌握一门技艺是防止贫穷的最优之策，那么，告诉患者培养一种爱好，就是防止他们社会退缩的不二法门。比如，对他们来说，种花种草、读书写字不失为一种康复之策。

当然，阅读散文，还有一种现象令我欣慰。我遇到的梁遇春，他终生心仪的是兰姆，可我既钟爱梁遇春，也喜欢兰姆。在散文的道路上，如果说，梁遇春是我的初恋情人，那么，兰姆就是我的终身伴侣了。倘若有一天，"我们仨"在世界的彼岸碰面，想必也是能和谐相处的。

二

古人曰："临渊羡鱼，不如退而结网。"

不少学者认为，除了小说、诗歌和戏剧之外的一切美文，皆可算散文。或者说，但凡文字好的，都算它是散文，犹如漂亮的石头皆为玉。显然此处是指广义上的散文。这种主张为众生创作散文提供了便利，降低了门槛。比起创作小说、诗歌和戏剧，散文是最容易把握的文体。它不用刻意宏大的场面、严谨的结构、起伏的韵律和高超的叙事。只要将你的所见、所闻和所感真诚地娓娓道来就足矣。

有学者说："当今的文学早已是一个'非技术'的'浅'写'轻'读的时代。"①对于写散文和学摄影而言，只要你愿意，完全可以"零技术"入行，高水平亮相。专业与业余之间、文人与非文人之间的边界渐渐在模糊。的确，散文抑或摄影都应有本相。不过，窃以为，它们的本相并非亘古不变，而是与时俱进的。

对我而言，写散文和学摄影不是我的谋生、成名之道，只是我抒情、思考、发现美、消磨时光和消除职业倦怠的良策。说到底，是我灵性生活的需要。

回望散文历史，不少非纯文人的学者，除了本行以外，其文字也是优美、流畅的。

17 世纪英国托马斯·布朗爵士不仅是位悬壶济世的名医，还秉承了文艺复兴时期的传统，热衷于文、史、哲，是以"文辞华丽"著称于天下的散文家。无论是文学上的查尔斯·兰姆还是医道上的威廉·奥斯勒都对布朗爵士的作品大为赞赏。在布朗医生看来，生命是一束纯净的火焰，我们依靠内心看不见的太阳而生存。一位友人与我分享养生之道时说："你的心中要养一团火，它既不能太旺，也不能太弱。"这"心中的火"似乎与三百多年前布朗的生命之火颇为相近。

---

① 何平著.《散文说》，南京，江苏文艺出版社，2012 年，第 9–19 页。

20世纪美国传教士、植物学家香便文撰写的，具有历史学、人类学和博物学价值的《海南纪行》，也是一本文字清新流畅且极具审美意识的大散文。文中时常有这样的描绘："牛群在山坡上吃草，耕田一直延伸到右边的山脚下。快到山顶的时候，一片迄今所见最美的林地风光呈现在眼前。纤小的树上方挺立着高大雄伟的树，层层叠叠，很多树种都是第一次见到，但依然使我们心醉神迷。"① 如你不说，很难想到这是出自一位植物学家的手笔。

当代中国地理学家、中科院院士侯仁之先生不仅活过了百岁，他的文笔也是出彩的。譬如在《步芳集》中，他写道，"所能看到的，尽是一望无际的田野，天空像穹窿形的帷幕下垂，笼罩着大地，在四周的地平线上画出了一个十分浑圆的圆圈"。"只见瓦砾遍地，荒草离离，只身踟蹰其间，颇觉凄凉"②。

还有中国台湾的陈之藩，一位电机方面的专家，其散文却"影响了两三代台湾文学青年。"在他看来，倒影中的剑河是清澈的，杨柳是妩媚的，而剑河的上空却弥漫着灵动与好奇。读他的散文如沐春风，如饮醇酒。

更有我的医学前辈马伯英先生、郎景和院士不仅专业出众，文笔也是出彩通透的。在斑驳的医学史中浸润着文化，在冰凉的手术台上充盈着温暖的人文，令我十分羡慕。

在我看来，文辞的优美往往折射出心灵的美丽，文辞的流畅亦反映出心灵的灵秀。而且，这些学者不仅在各自的学术领域颇有造诣，还担负起捍卫、传播本民族母语的光荣使命。

---

① 香便文著.《海南纪行》，辛世彪译注.桂林，漓江出版社，2012年，第24–40页。
② 侯仁之著.《步芳集》，北京，北京出版社，1962年，第93–97页，第161–163页。

在散文家林非看来,"散文是一种十分开阔的文学事业,它绝不是由散文家独自来耕耘的……甚至各条战线和各个行业中的人们,从白发苍苍的老者到明眸皓齿的少女,由于他们都有着自己独特的内心体验,因此,也就完全有可能写出好的散文来"[1]。国内有位资深媒体人亦如是说,只要您的感觉精妙,文字优美,再加上你良好的专业造诣,你就能在某方面优越地展现才华,拔得头筹。这无疑鼓励了我写作散文。

2013年经友人举荐,我在一份名叫《侨时代》的期刊上开辟专栏,介绍"精神医学与人文",旨在弘扬科学家和作家查尔斯·斯诺提出的"两种文化",弥合自然科学与人文科学之间的鸿沟,力求在生物精神医学与人文学科之间架起一座桥梁。

让我颇感压力的是,该期刊前有美女柴静的专栏,后有星云大师的专栏。可惜的是,我只做了两期。因为种种原因,我的专栏搁浅了,但这没有妨碍我的散文写作。后来,我又在《精神医学杂志》《中国医学论坛报》上发表文章数篇,从莎士比亚到威廉·奥斯勒,从苏东坡、王阳明到嘉·约翰皆有涉猎。在医学的领域传播浩瀚的人文,力求理性与情感相融,冷色与暖色相伴,大脑与心灵相通,做一个当代"医道与人文"的守望者。

三

20世纪英国作家弗吉尼亚·伍尔夫,这位双相障碍患者就曾敏锐地指出"时代变了"[2]。尤其是"人的性格变了……人与人之间的一切关

---

[1] 林非著.《林非论散文》,南昌,江西高校出版社,2002年,第69-72页。
[2] 维吉妮亚·伍尔夫著.《普通读者》,刘炳善、石云龙、许德金、赵少伟、李寄、黄梅译.台北,远东出版事业股份有限公司,2004年,第393-400页。

系，无论是主仆、夫妇、还是父子——都变了"①。或者说"人类已经不再是往日的人类"②。

人类为何会有如此的变化呢？

从进化角度看，人类已经从万年前的"全新世"逐渐进入一个由人类自己完全主导的"人类世"。它给社会生态系统带来复杂的、不可逆的、突发性的变化。"从人类福祉的角度看，这些变化常常是有害的。"③

从文明程度看，人类社会正在经历着"一个如此轻盈、流动、多变的物质世界"④。这个物质世界构筑了一种与往日不同的文明类型："轻文明"。它给人们物质世界带来高效、轻便的同时，也让人们的精神世界变得轻浮、焦躁不安。

于是乎，当下大多数人生存在一个既轻盈又快速的时代。这个时代容易孤独与冷漠，容易令人焦躁，让人郁闷。

显然，容易焦躁和郁闷的时代就与精神卫生息息相关了，因为精神卫生领域所关注的，恰恰是群体、个体的焦躁和郁闷。

几十年的行医期间，我面对的主要是精神障碍，这更多的是从医学、心理学的层面来处理。而我数十载的业余生活，追求的却是乐趣和愉悦，更多地属于心理健康⑤的范畴。

---

① 阿伦·布洛克著.《西方人文主义传统》，董乐山译.北京，群言出版社，2012年，第135页。
② 亨利·米勒著.《春梦之结》，张群译.南京，译林出版社，2015年，第20页。
③ 奥兰·扬著.《复合系统：人类世的全球治理》，杨剑、孙凯译.上海，上海人民出版社，2019年，第44-64页。
④ 吉勒·利波维茨基著.《轻文明》，郁梦非译.北京，中信出版集团，2017年，第V-XVII页。
⑤ 尽管在语义上心理与精神一词有所区别，但在国内学界心理健康（mental health）与精神健康大致等同，故本书亦有混用。

在我这个精神科医生看来，要想摆脱焦躁和郁闷的困扰，甚至获得人生的陶然自得，光靠医学手段和诸如冥想、慢跑之类的养生之策有时难以奏效，还要借助于哲学、文学和艺术的力量。

学哲学可以让我们爱智慧，减轻烦恼。说得通透些，学哲学可以让我们对事物产生不同的见地，从固化的思维定式中走出来，摆脱泥潭的束缚。年轻时的我，就曾晓得哲学家叔本华如是说，人生犹如一个钟摆，摇摆于痛苦与无聊之间。这提醒众生，既然痛苦和无聊皆为生命的底色，就坦然接纳它们。这种接纳的心态反倒会减轻人世间的些许烦恼。

认知行为疗法是当下精神科最常用且有效的心理疗法之一，[1] 认知行为疗法恰恰借助了思考的力量。这使我不由自主地想起了哈姆雷特的一句台词："世上的事情本来没有善恶，都是各人的思想把他们分别出来的。"[2] 问题不仅在于事实，更取决于人们对事实的看法。当然，学哲学还有助于我们寻找生命的意义，克服人所面临的生的无聊和死的恐惧。

爱好文学、艺术亦是有益于心理健康的。记得作家台静农曾说过，生活的不容易如"能有点文学艺术修养，才能活得从容些"[3]。何为从容？在我看来，面对生活中的困境、工作上的坎坷，少焦躁，少郁闷。

当代医学研究亦表明，无论年轻或是年长，聆听音乐皆有益于心理健康，而欣赏绘画还能延年益寿。

在数十年的临床工作中，我要面对无数精神障碍患者的悲伤心情。

---

[1] Cuijpers P, Cristea IA, Karyotaki E, et al. How effective are cognitive behavior therapies for major depression and anxiety disorders? A meta-analytic update of the evidence. World Psychiatry 2016;15(3):245-258.
[2] 莎士比亚著.《哈姆雷特》，见《莎士比亚全集》(9)，朱生豪译，吴兴华校，北京，人民文学出版社，1988年，第47页。
[3] 林清玄著.《人生最美是清欢》，北京，北京十月文艺出版社，2016年，第244页。

例如,她在你面前会痛哭流涕地告诉你:"医生,我失恋了,我被抛弃了,怎么办?"抑或他在你面前愤愤不平地说道:"医生,我怎么又得了糖尿病,怎么办?"

真是屋漏偏逢连夜雨。

他们会一股脑地把怨气和担心发泄给你,或者诉说着他们早已厌倦的乏味而又荒凉的人生……而你却要耐心倾听。

久而久之,这些负面情绪会或多或少地影响自己的心境,连自己也要面临职业倦怠的侵袭甚至成为"受伤的疗愈者"。[1]

如何疏解胸中的盘郁之气进而自我疗愈呢?

我的做法是,注重培养自己的灵性生活。

从当下的视角看,人的健康不仅是指身体健康和心理健康,还有灵性健康。经验证明,拥有"身心灵"的健康能抵御生活与工作中的各种挫折与坎坷,提升复原力,进而有助于人体原有的内平衡。

我喜欢听音乐,尤其是古典音乐,钟爱莫扎特与贝多芬。在平顺中见到莫扎特,在坎坷中想起贝多芬。

我欣赏绘画与书法,既痴迷于"繁星闪耀"的凡·高,又陶醉于辞翰双绝的《兰亭集序》。

还有那诗意般的远游,从阳明家乡、鲁迅故里再到英国斯特拉特福小镇、萨尔斯堡粮食街9号。脆弱的肉身支撑着厚重的灵魂前行,游历世界四大洲。

---

[1] Kumar S. et al. Burnout in psychiatrists. World Psychiatry 2007;6(3):186-189.

医道与人文的守望者
——一个精神科医生的散文随笔集

阳明家乡

鲁迅故里

当然更有读书,譬如那些思想深邃、文笔流畅的散文,是烛照我幽暗、寂寞人生的一盏灯。

莎士比亚故乡

萨尔斯堡粮食街9号

如果说旅行、绘画和写散文是日本画家东山魁夷的人生三要素，那么对我而言，散文是我自己的"心境稳定剂"，它既能够抚慰我的抑郁和焦虑情绪，又能抚平我的烦躁狂傲之心。在某种程度上，它消解了我职业上的倦怠和人生中的单调。

散文带给我某种灵性上的召唤，由此产生的美妙心境和不同格局，绝非那些在学术界终日钻营的贪欲之人所能体会到的。甚至，但凡遇见那些善钻营的"大"专家，难免从心底到脸上皆表露出些许不屑。我虽无傲气，却有些许傲骨，向往空谷幽兰的境界。

散文还带给我某种灵性上的启迪，使我的精神获得觉醒，不仅善待自己，善待别人，也善待万物。不知何故，愈到老愈关心起那些弱小的动物来了，这使我想起了佛教上的菩萨心肠。随着时空的流变，我布满周身的血管似乎愈来愈硬，可一副心肠却愈来愈软了。

其结果，散文让我超越社会的功利，跨越人生的肤浅。

读之，会视野开阔；

读之，会境界提升；

读之，会有美感出现。

可作如下说：

青年时代读散文，是我追求精神生活的伊始，给我空虚而又躁动的身心带来慰藉，犹如口渴难耐之人遇到了汩汩甘泉。

中年时代读散文，使我在纷繁芜杂的彷徨世界里获得智的启迪、善的举动和美的享受，仿佛在贫瘠的物质生活中遇上了难得的精神盛宴。

老年时代读散文，是对脆弱心灵的滋养，是对孤寂心灵的抚慰，是对污浊心灵的洗涤，是我在这个星球上追求灵性生活的最后驿站。

散文带给我有趣的人生、宁静的心境和美妙的修辞。

读散文仿佛让我拥有了几分放下的勇气和舍得的力量；拥有了一种正视自己身体与灵魂的勇气和淡定；能够让我时刻面对死神的降临，随时准备着上路，拖着破旧的皮囊，带着沧桑的灵魂，穿越浮华的世间与过眼云烟，向着那茫茫渺渺的天际勇敢前行。

无论这个时刻是今天、明天还是后天，anyway！

下篇

随笔

医道与人文的守望者
——一个精神科医生的散文随笔集

1

随笔是一种可长可短、容易把握的优美散文体。它可以率性而为,想到哪里就写到哪里;它可以俯仰于天地之间,无拘无束,故此深受不少作家、学者和大众的喜爱。例如,16世纪法国作家蒙田的随笔不仅知识广博、文笔隽永,且充满热爱生活、顺应自然的人生态度,令众多后人纷纷效仿。19世纪美国思想家爱默生读完《蒙田随笔》之后,感觉这本书仿佛就是为他自己的前世所写。当然,随笔也应像20世纪英国作家弗吉尼亚·伍尔夫所言,应当有乐趣,且文字纯净。

这种拥抱生活、尊重自然的人生态度同样也是吾辈精神科医生所应当学习的。在美国当代散文家怀特看来,写随笔的人多数是些以自我为中心的人,唯有如此才能心无旁骛地立言、抒情、写人和叙事。当然,依我看,一些精神科医生常常具有明显的自恋情结,但他们若能在浮夸的氛围里潜心钻研学问倒也是可取的:自恋而又乾乾不息。

整天忙于医务工作的我,下班之后拖着疲惫的身心回到家中,有时难免心烦意乱,尤其是面对当今浮躁的社会和急功近利的学界,不少是巧立名目的人,不少是赶场讲课的人,不少是借党忙官的人。如同历史上的孤寂之人一样,在大千世界我深感知音者、同路人很难寻觅。于是伏在桌前看看窗外,望望天空,写写随笔,使我烦扰不定的心绪渐渐恢复到一种难得的平静,有时甚至会有一种莫名的喜悦之情油然而生。这种心灵上收获的安宁,是塞内卡、歌德、尼采和奥斯勒之类的大师们推崇的。因此，久而久之，写随笔便成为我晚年克服职业倦怠、人生乏味的应对手段，更是我超越名利物欲、追求灵性生活的惯用方式。

数百年前，英国牧师罗伯特·伯顿说写书只是为了生命上的排忧安神。土耳其当代文坛巨擘奥尔罕·帕慕克甚至干脆说，写作就是为了快乐。数十年前，医学长辈马伯英先生常写诗文，成为他在那个特殊年代自我宣泄、排遣愤懑的工具。

有道是，文以载道，文以抒情，文以升华，文以养心。因此，便有了数十篇短短的随笔收录在我的散文集中，犹如我的血脉连着我的筋骨。

2

生长在黄土高坡上的我,是由北平的精、武昌的卵与黄河的水组成的。自幼便喜欢水的柔媚、山的磅礴、花的芬芳、鸟的啼鸣。时常坐在黄河岸边,看着那湍急而下的河水,看着那低飞而过的燕群,看着那变幻多端的白云,好个惬意人

难忘的青葱岁月,兰州,1983年
友人李凡摄

生。甚至,在这快慢不定、蓝白相间的时空中做起了不知多么天高地厚的青春梦。

弹指一挥间,四十多个春秋倏然而逝,尽管许多梦想到头来并未实现,却培养了我对事物的敏感和丰富的想象力,而它们则是人文学者所要具备的独特能力。加上我从小生活于梨园世家,更促使我日后把对生物医学的兴趣渐渐投向了人文学科的怀抱。

因为在那柔美的怀抱里,拥有哲思的头脑、审美的目光和悦耳的声音,也充满芬芳的散文和律动的诗词。它们追求美,却也接近真。记得威廉·狄尔泰大致说过这样的话:在我们的生命中,科学家难以穷尽的地方,诗人和艺术家可以触及,因为后者依然可以探寻生命的本真。正如有学者所言,诗的真理与科学的真理皆是真理。当然,真理不只是来自科学与诗。在德国哲人海德格尔看来,一切艺术的本质,皆为诗。

3

或许是时间过短的原因,我初到伦敦的感觉既不是那种细雨蒙蒙的雾都,也没有那种半阴不雨的天气,倒是天清气朗、阳光明媚,甚至还有一种头顶"日不落"、身披"巴宝莉"、脚踩"克拉克"的英国风味。

日不落是说往日强大的英帝国辉煌一时,无论在其疆域还是殖民地的土地上均可见到那永不沉落的太阳。巴宝莉讲的是,风靡全球的英国风衣,无论男女穿上都很帅气,从里到外都散发着一种儒雅的魅力。克拉克是指风行世界的英国皮鞋,舒适耐穿。日不落帝国早已荡然无存,但无论是其巴宝莉式风衣还是克拉克式皮鞋,百年后仍被不少世人钟情、追随。它们代表着英伦风格,象征着典雅品质。

当然,在伦敦,不仅让人感受到英国绅士的遗风,还可以仰视伦敦桥、大本钟和威斯敏斯特教堂的宏伟建筑,更能够领略大英博物馆的魅力。大英博物馆起初存放着一位内科医生的收藏品,后来演变为国家公共博物馆,它是英国的,也是世界的。

在其中国馆的正中央,我看见了端坐着的辽三彩罗汉像。这尊雕像栩栩如生,工艺精美,其背后映衬着大幅敦煌壁画,散发着

辽代的罗汉像
伦敦,作者摄

东方美学的神韵。在这位罗汉面前,我默默伫立了良久,仿佛他的后人千里迢迢前来凭吊、安慰。尽管他的表情凝重千余年,但我刹那间,仿佛读懂了这位罗汉数十年前身在异国他乡的内心世界:"是在这异乡,还是在那故里,这是一个问题。"一尊美轮美奂的雕像却勾起了一段屈辱的历史,也引发了我的悖论式思考……

4

甘肃，我的故乡。

我常常在诗中回味着"春风不度玉门关"、"西出阳关无故人"的苍凉意境。

甘肃，我的故乡。

我常常透过空中的朵朵白云看到广袤的黄土地，看到纵横交错的山脉，一种雄浑、粗犷之美油然而生。

甘肃，我的故乡。

传说我们华夏民族的人文始祖伏羲就降生于甘肃天水，在中国传统文化中还有"四大名砚"和"四大石窟"之瑰宝。令人自豪的是，在名砚中甘肃便占了一方，在名窟中甘肃便有两个。尤其是敦煌莫高窟，她不仅承载着佛教故事与佛教精神，无与伦比的敦煌壁画更是散发着永恒的艺术魅力。莫高窟滋养了数代人，也魂牵梦绕了不少人。迄今为止，多姿多彩的她，依旧挺立在苍凉的沙漠中，迎来送往来自世界各地的客人、游人。

甘肃虽有几分苍凉，却没有被世界遗忘。2017年被全球最大的私人旅行指南出版社"孤独星球"评为"亚洲十大最佳旅游地之首"，2018年甘肃再度成为《纽约时报》发布的全球必访的52个目的地之一，惊艳世界。这让生于斯、长于斯的甘肃人有些飘飘然。

　　我记得，在那个知识非常贫乏的十年，我的懵懂少年便是在这川流不息的黄河岸边长大，我常常独自一人凭栏远眺着千年不动的白塔，而一眼望去遥远的天边，在蓝色的天空中时常映衬着朵朵白云。这段岁月本该是我如饥似渴地学习知识的大好时光，却让我品尝到人生的些许苍凉与孤寂。不过，这倒也是我年少时的精神寄托。

黄河、铁桥与白塔　　　　　　　　兰州，作者摄

5

我用蹩脚的外语闯世界,却力求用顺畅的中文写世界。窃认为,外语只是人与人之间交谈的工具。尼采就说过,只会说一点外语的人要比外语讲得好的人更是乐在其中。

因此,在我看来,用心灵去感受对方才是人与人之间交流的真谛。例如,无论你在法国、德国、葡萄牙,还是在埃及、韩国、土耳其,用当地的语言说一句"你好"、"谢谢",再加上发自内心的微笑,便立刻能拉近彼此间陌生的心理距离。

有趣的是,1961年在大西洋的两岸,社会科学界非常巧合地同时出版了两本风靡世界、都是探讨"疯狂"的书:一本书叫《精神病院》,由美国社会学家欧文·高夫曼用英文所写;另一书叫《疯狂与非理性:古典时代疯狂史》,由法国思想家米歇尔·福柯用法文出版,1965年这本书才译成英文。显然,若按照文本自身传播的速度与广度,应是英语文本胜过法语文本,但从对后世的学术影响来看,福柯的这本书则要更胜一筹。这说明思考的深度要远大于语言本身,或者说语言只是思想和情感的载体,而不能成为你思想深刻的屏障。

更有趣的是,一位在阿拉伯国家教书和生活几十年的英语女教师赖安,在一次TED的精彩演讲中说道,在一个多元化的世界里,"保持你的母语"。

的确，要用母语涤荡你的灵魂，要用母语显出你的灼见。莎士比亚是一位欧洲文艺复兴时期的文化巨匠。据说，他略懂拉丁文，不熟希腊文，可是他却用母语构建了他广阔而又绚丽的文学王国——莎士比亚戏剧，影响世界数百年。

6

在现实生活中,不少人用脑待人接物,但其心灵却从未打开过。这些人多半是唯唯诺诺的人,阿谀奉承的人。对宇宙、对世界、对社会、对人生从未有过自己的独立见解。

在德国人看来,这些人多半是缺乏精神追求的庸者。同样,在意大利人看来,未经雕饰的生活也是没有意义的。在我看来,苏格拉底的话更值得借鉴:"没有用批判检验过的生活,是不值得过的。"换言之,既无精神追求又无自省、雕饰的生活是不值得过的,因为它往往使生活趋于功利与浅薄。

因此,超越庸者的不二法门便是,在形而上,有着高雅的精神追求;在形而下,有着不俗的精心雕饰。

7

在俄国作家契诃夫看来,医学是他的合法妻子,而文学则是他的情妇。对我而言,精神医学是我的衣食父母,文学与艺术则是我的自由魂灵。前者让我自食其力养家糊口,活得有尊严;后者让我"能做我自己的自由和敢做我自己的胆量"。

虽然现实能困住我中规中矩的肉身,却囚禁不了我至深至远的思想。我们可以被教育,却难以被驯化。正如陈寅恪先生所言,我们有"独立之人格,自由之思想",亦正如斯蒂芬·金在《肖申克的救赎》中所说:"有些鸟注定是不会被关在笼子里的,因为它们的每一片羽毛都闪耀着自由的光辉。"

我愿像林中的小鸟自由飞翔,自由歌唱。

下篇
随笔

8

我生性自由,喜欢旅行,犹如闲云野鹤,既醉心于现代都市的繁华与喧嚣,又向往世界文明古国的辉煌与厚重。想必那雄浑的金字塔,妩媚的厄勒忒奥神庙,众神所在的万神殿,以弗所古城的图书馆,佛罗伦萨的精美雕塑,惊艳世界的卢浮宫、大英博物馆和大都会艺术博物馆……皆是我日后要远渡重洋、"攻城拔寨"的探访之地,进而达到"读万卷书,行万里路"的宏伟目标。

当然,这样的远游绝非那种到此一游的旅行,也不是像毛姆那样,准备踏上怪石嶙峋的山崖,奔赴布满暗礁的海滩,而是自己人生道路上的哲学旅行,人类学、文学与美学旅行,更是我拥有诗意人生不可或缺的重要元素。

掠夺萨宾人
佛罗伦萨,作者摄

9

在我根深蒂固的思想中,既不完全是杜甫那种悯天悲人的现实主义,也不属于李白那种豪情万丈的浪漫主义,而是乐观中夹杂着悲观、现实中裹挟着超脱。遇到末路时并非像阮籍那样恸哭而返,而要寻找柳暗花明的小时机,更要创造出坐看云起时的大境界。

我试图透过人生的苦难与荒谬、健康与疾病、梦想与幻灭,从深度和广度上去体验人生,感悟人生,超越人生。

在挫折面前要像东坡先生那样:

"竹杖芒鞋轻胜马,谁怕?

一蓑烟雨任平生。"

在生死面前要看得透,放得下,走得从容。

我虽不能高贵地生,却要淡然地死。

10

我们的奋斗永远不晚。

在这个大千世界上不乏众多大器晚成之人。

57 岁，中国画家齐白石从进京后才声名鹊起于美术界。

66 岁，德国哲学家康德才出版他的《判断力批判》。

70 岁，爱尔兰诗人叶慈有不少重要作品都是在此后完成的。

80 岁，美国的摩西奶奶在绘画领域是刚刚出道。

90 岁后，美国人文学者依迪丝·汉密尔顿、雅克·巴尔赞以及中国才女杨绛先生仍能几度夕阳红，文采依旧。

100 岁后，日本摄影记者笹本恒子还在 102 岁时获得摄影界大奖——"露西终身成就奖"。中国台湾的赵慕鹤老先生 105 岁还备考博士，真是学无止境。这样的事例不胜枚举……

在古希腊哲学家伊壁鸠鲁看来，老年人恰恰处于人生的巅峰。德国哲学家叔本华也说过："宇宙中的万事万物，越是优秀、越是高等，它们达致成熟的世界就来得越迟。"

由此看来，我们的奋斗永远不晚。显然英年早逝多有遗憾，他们本应为自己带来更精彩的人生，为社会创造出更多的财富，可他们却过早地撒手人寰。而那些奋斗不止的老年人，不仅有幸显示出成熟的心智和持续向前的动力，也有机会展示出他们克服百无聊赖的生活的强大能力。

11

从小的我,在真实中感受虚假;

到老的我,从虚幻中感悟真实。

年少时我们渐渐地追梦,年老时我们慢慢地醒来。

可谓是在时睡时醒的一生中,体验出似真似幻的一辈子。

如中国人所言:半睡半醒半神仙,半亲半爱半苦乐。

如法国人所说:C'est la vie(这就是人生)!

12

人最重要的是健康，人最强大的是思想，人最美好的是善良。

健康使人在逆旅的道路上前行得更长远；

思想使人在浩瀚的天宇上翱翔得更高远；

善良则让我们在善恶的生活中度过得更安宁。

13

在漫长的百年岁月中,许许多多的历史给我们汇聚了点点滴滴的文化,点点滴滴的文化给我们铸造了世世代代的精神。那么,这种让我们广州惠爱人祖祖辈辈薪火相传的精神是什么?那就是嘉·约翰老先生留给我们的传世瑰宝:

高远辽阔的目光;
慈悲为怀的心胸;
刻苦奋斗的精神;
超越功利的做法。

有道是,百年有光百年亮,万里无云万里天。

14

我们是平庸的人，却也是审美的人；

我们是世俗的人，却也是追梦的人；

我们是藩篱中的肉身，但拥有远方的苍穹与海洋。

15

庄子曰:"朝菌不知晦朔,蟪蛄不知春秋。"这种转瞬即逝的短促是为绝对。而此时此刻的我,却在火热的盛夏,回味着春的沐浴,期盼着秋的影子,等待着冬的雪花。

塞内卡说:"生命,如能善用,便足可长寿。"这里的长命是为相对。窃以为,有人活得长,未必活得好,活得出彩。如蒙田所说:"许多人活很少日子,却活了很长久。"在纪伯伦看来,苏格拉底虽然只活了69岁,但雅典未能真正"处死"他,相反,苏格拉底获得了永生。

在我心中,虽然王勃、李贺、拉斐尔、莫扎特、艾米莉·勃朗特和凡·高之类的大师阳寿很短,皆未活过不惑之年,但他们的艺术生命却是不朽,却是永恒——他们依然生活在各自的作品中,令后世景仰与怀念。

16

你来不来不重要，你走不走没关系，只因我的心儿还在跳；

你严冬来了，我深秋走了但也无妨，只要我能如印度诗人泰戈尔所说，生如夏花之绚烂，死如秋叶之静美。

17

我觉得青春已渐渐地逝去,心亦渐渐地老去。然而,红花常开绿树在。一代人自有一代人的使命与风采。正如唐代诗人孟浩然所说:"人事有代谢,往来成古今。"

参透这世间百岁荣枯的规律,便不会失落;知晓这世间"迎来送往"的常态,便不会彷徨。

老去的人应犹如真正的猛士在孤寂中、荒诞中匍匐前行,直至那最后的一刻。

18

在人类历史上,到异国他乡游历、游学的人生经历古已有之。中国唐代玄奘大师曾于 7 世纪不远千里前往印度取经,只是到了明代,由于闭关锁国的政策,这种崇尚精神探索、身体力行的人生游历渐渐衰败了。自 17 世纪伊始,英国流行"欧陆游学",主要是让身处岛国的年轻人能有机会前往彼岸的法国、意大利,去学习当地的灿烂文化。他们似乎践行着莎士比亚的思想:"年轻人不走走远路,对于他的前途是很有妨碍的。"

而我却从天命之年才开始断断续续地"壮游",以拓宽时空与不同

新天鹅堡 德国,作者摄

地域文化带来的宏大视野——从黄色的古埃及到蓝色的古希腊罗马；从东西方文化碰撞的拜占庭帝国到文艺复兴的意大利；从曾经缔造过海洋文明的葡萄牙到西班牙；从擅长商业贸易和美术的荷兰到工业革命的英国、思想解放的法兰西。当然，还包括探访哲学的国度：德国以及欧洲文明的传承地美利坚。

这些国家在某种程度上都影响过世界的历史，甚至左右过世界的走向。

可以说，真正了解世界，是我们充实五彩人生的重要前提，否则，我们看见的世界很可能单调而肤浅。

19

德国哲学家叔本华讲过:"一个人思想越深刻,乐趣就越多。"我说,这只对了一半。窃以为,一个人思想越深刻,乐趣和痛苦都多,可谓是苦乐参半。乐的是,发现生活的有趣。苦的是,发现生命的荒谬。

不过,有趣和荒谬皆为生命的本真,只有好好地接纳。

20

在中国，能游走于文理、文工之间的大家并不多见，顾毓琇、侯仁之先生便是其中的佼佼者。他们不仅在科学技术领域贡献卓著，在人文领域也是成绩斐然。

当然，有人说过，"在台湾地区以及海外华文世界，找一等一学问加一等一文采的人比大陆要容易得多"。此观点虽非全面，但可参考。例如陈之藩，不仅是电机工程学方面的知名专家，也是散文大家，他的散文影响了几代台湾文学青年。在《剑河倒影》中他写道："剑桥之所以为剑桥，就在各人想各人的，各人干各人的，从无一人过问你的事。找你爱找的朋友，聊你爱聊的天。看看水，看看云，任何事不做也无所谓。""在剑桥，酒气也是如春风，酒浆也是如时雨，不期然而然地造就出弥尔顿、华兹华斯、拜伦、丁尼生、格立治来。"这些话语让我印象深刻，回味无穷。看来剑桥不仅漂浮着酒气，更弥漫着自由的空气，弥漫着灵气与才气。

这些理科、工科之类的大家不仅专业出众，而且与文学、艺术喜结良缘，文字出彩，当属慧业文人。自然，他们也算得上是"文艺复兴式人物"。

21

以前的人们鸿雁传书很费时间,从信件寄出到对方回音一般要等上个把月甚至更久,似乎世界很大又太遥远。当然,等待也有一番滋味在心头。

可现在的人们只要动动手指、敲敲键盘,信息便会越过崇山峻岭,穿过辽阔的海洋瞬间抵达对方的邮箱、手机,似乎地球很小很小。

虽然人们通信的速度比往日大大加快了,但沟通交流的深度未必如此。未必能像俞伯牙碰到钟子期,如遇知音也;亦未必能像凡·高与他弟弟推心置腹,如饮醇醪也。

这个世界虽小,却很肤浅。彼此的灵魂未必能相遇相交,更未必能相知相爱。在一个物质世界飞速扩张的时代,人们往往缺少了心灵上的交流与共鸣。

可以说,物质异化在一定程度上给人类带来了超速度,但也让人们的灵魂变得扁平甚至变得荒漠。

22

记得在鲁迅先生的散文中有这样一句话,是描述他家的院子外有两棵树的:"一株是枣树,还有一株也是枣树。"恐怕这样的话语也只有大家风范的才能见刊。在我家的院区里不仅有低低高高、浅浅深深的绿色灌木,还有圆圆胖胖的小叶黄杨,更有火火红红的木棉树。家门口还有一棵鸡冠树,这棵树旁逸斜出,颇具美感,再伴随着蝉鸣鸟叫,很有情调。每当见到它时,我都不免想起唐代诗人罗邺的诗来:"一支浓艳对秋光,露滴风摇倚砌旁。晓景乍看何处似?谢家新染紫罗裳。"

只可惜好景不常在。我家门口这棵穿戴了十几年"红罗裳"的树竟被新搬来的住户无情地锯掉,据说是挡住了财路。我为此还真难过了数日,因为在这个钢筋水泥的时代,小区里能有这样婀娜多姿的绿树红花实属不易。他们这样做,暴殄天物。真是既无审美之感,又自私到了家。

记得早年读过弗雷泽的鸿篇巨作《金枝》,书中指出,在原始人看来,整个世界皆有生命,花草树木也不例外,它们皆有灵性,附有神灵。甚至,毛姆在画中的树上都看到了灵魂。在爱默生等人看来,"树木是没有发展完善的人"。法顶禅师坦言:"与人相比,我更喜爱树木。"而东山魁夷则画出了《树魂》《树根》等传世之作。

我曾在撒哈拉沙漠中看到过绝处逢生的小草,在这无垠的黄色沙漠中竟有如此顽强的绿色生命，让人惊叹世间万物的奇妙！

由此，我联想起当代医学家和散文家刘易斯·托马斯的观点，人类与树叶一样，皆共生于大自然。因此，我们要爱护树木，珍惜花草，甚至要敬畏它们。伤害树木花草必遭惩罚，必遭报应。

让我们这个世界少一点践踏，多一份敬畏；少一点粗俗，多一份美感；少一点物欲，多一份灵性。

生长在撒哈拉沙漠上的小草　　　　埃及，作者摄

23

　　一般说来,成功的父母多半会造就出优秀的子女,如中国近代著名学者梁启超一家,真可谓"一门三院士,满庭皆才俊"。亦如古希腊斯多亚学派的传承人古罗马皇帝马可·奥勒留认为的那样,他从他父亲那里懂得了谦虚和果敢,从他母亲那里濡染了虔诚、仁爱、善良和简朴,从他祖父那里学到了弘德和制怒。而失败或不幸的父母多半培养不出什么俊才。当然也有例外,如苏联作家高尔基便是在苦难中成长起来的。不过,前者孕育出类拔萃的机会远高于后者,窃以为,这多半为先天基因加上后天环境使然。

　　既然如此,我们对下一代的基因恐难改变,但父母的一言一行却有影响。知书达理的父母,宁可培养出杀身成仁的英雄,也不愿教育出杀人越货的匪盗;希望培养出相夫教子的淑女,而不想造就出不明事理的蠢妇。

24

陀思妥耶夫斯基说过:"真正伟大的民族,永远不屑于在人类当中扮演一个次要角色,甚至也不屑于扮演头等角色,而一定要扮演独一无二的角色。"对于个人也是如此。在这一点上,我的本科母校兰州大学的校训非常契合陀氏的思想:"自强不息,独树一帜。"

如何自强不息?就是在崎岖坎坷的人生道路上不屈不挠地向前进取。

怎样独树一帜?那就是不受世俗、众人的影响,保持自己的独立人格,"成为你自己!"当然,也并非要充当那种"拜伦式的英雄"。

对我而言,我是一名疗愈"心伤"的精神科医生,虽不是哲人,却喜爱独立思考;虽不是诗人,却拥有诗人般的情怀;虽不是画家,却拥有一双审美的目光;虽不是乐迷,但有一双爱听天籁之音的耳朵。

在这尘世间,我既无显赫的功名,又无丰厚的物质,但在我胸中藏有一座山,拥有一条河。那是我心仪已久的仁者之山、智慧之水。

这,就是平凡而又脱俗的我。

25

依我看来，人，大致可以划分为三类。后来得知孙中山先生也有过类似的划分，只可惜迄今为止我尚未看见过原文。

一类人是属于先知先觉的，古人称之为天民。例如，亚伯拉罕、摩西、老子、耶稣基督、释迦牟尼和穆罕默德之类的圣人，他们多半冲破了物质上的牢笼，成为人类的精神领袖。当然，精神分析学派的创始人弗洛伊德亦属于此类，因为是他洞察到人类心灵深处的潜意识。

一类人是属于后知后觉的，我称之为地民。他们能在生活中感悟到生命万物的真谛，有着某种精神上的觉醒。他们能抗争，知进退，明事理，有情怀。他们多半代表了社会的良知。

最后一类人，当然是属于不知不觉的，大家称之为愚民，他们多半见识浅薄，人云亦云，甚至浑浑噩噩地度过一生。

这三类人犹如金字塔形，大智慧者极少，平庸者居多，他们在思想上构筑了人类社会的基本形态。

26

山的高度遮盖不住水的深度。

或者说，雄伟的山脉遮盖不住深邃的海洋。

在这个大千世界，往往很难用一个维度来衡量事物的本质或者事业的成功。有些人在世俗的功名利禄上把别人甩掉了几条街，殊不知，这些人到头来"一身还被浮名束"；而另一些人却在格局和境界上不知比"成功的俗人"高了几个层次，早已是"万里无云万里天"。

27

我从小生长在黄土高坡,在那里,我虽然没能感受到"大漠沙如雪,燕山月如钩"的蓝色景致,却常有"大漠孤烟直,长河落日圆"的暮色心境。

到了中年,我举家从黄土高坡南迁到岭南。在那里,我虽然没能与人争论"风动,还是幡动",却常欣赏"一湾溪水绿,两岸荔枝红"的美好景色。

在北方,常常让我感受到的是黄灿灿的阳光、黄秃秃的山坡;在南方,每每让我领略到的是绿油油的溪水、绿葱葱的树木。似乎大千世界时时有美景,处处有诗意。有言道:境由心生。原来是自己的心中有诗意啊。

当然,我知道,光有诗意还不够,还要像弥尔顿所说的那样,就得连自己也要成为一首真正的诗,一首五颜六色的诗。

28

　　如果说韩愈在寂寞的潮州"赢得江山都姓韩";柳宗元在寂寞的永州谱写出他的清新游记;白居易在寂寞的江州歌唱出他的动人诗篇。

　　那么,寂寂无名的我呢,则在寂寞的广州品味出千回百转的冷暖人生。品味人间的繁华与冷落;饱尝人性的真诚与虚伪;看透人心的宽广与狭隘。原来大多数人在如此华丽的外表下却涌动着如此这般复杂的灵魂。

29

知天命的我,终于悟出人生的轨迹大抵如此:我们从娘胎中来,往来世中去,但走着走着,大都变老了;走着走着,全都不见了。

人生是什么?如东坡先生所言:"应似飞鸿踏雪泥。"如我所悟:人生,来是一口气,去是一缕烟,留下的,便是一段幻化的踪影。

30

我想，人若是权贵，若是处处顺遂、时时如意，那么，他多半不知人生的冷暖，多半不懂人生的吊诡，多半不是一个拥有思想深度的人。相反，跌宕起伏的人生或许折磨了他们的心身，却给他们带来不一样的感悟与成就。例如，在中国历史上，南唐后主李煜从风流帝王沦为阶下囚，唯有他，才能谱写出那绚烂的千古绝句：

"问君能有几多愁，恰似一江春水向东流。"

同样，宋代大文豪苏东坡先生常常被贬谪他乡，在不如意的坎坷生活中竟彰显出他的豪迈情怀：

"竹杖芒鞋轻胜马，谁怕？

一蓑烟雨任平生。"

同样，英国诗人弥尔顿失明，德国作曲家贝多芬失聪，荷兰画家凡·高失常，但他们仍然不屈不挠地从事着伟大的创作。在病痛中，弥尔顿完成了他的三大诗篇《失乐园》《复乐园》和《力士参孙》；贝多芬完成了他的不朽音乐《第九交响曲》；凡·高则完成了他的举世名画《星空》。凡·高说："病魔最终将造就我坚忍不拔的意志。"

我想，这些人虽身处逆境，坎坷的命运却使他们的灵魂得以锻造，他们的品质得以锤炼，他们的艺术得以腾飞。

31

"年年岁岁花相似,

岁岁年年人不同。"

确如庄子所言,人生犹如白驹过隙。转眼间,我来到暮年。

窃以为,上了年纪的人当以慢节奏的生活为宜。如能走路,定不坐车,如能坐火车,定不坐飞机。这样才能看路边花开花落,望天空云卷云舒。

这是我的个人感悟,亦算作我个人的"精神红包"。

抢不抢由你,

他就在那儿,

不增不减。

透过大巴的窗户看见路边的田野和白云
西班牙,作者摄

32

记得十几年前我到海南三亚度假,所下榻的酒店中一栋栋联排的小别墅中,都自带着不大不深的泳池。尽管我不谙水性,但还是没有"浪费"现有资源,我冲动地下了水,像狗一样地刨了起来。忽然想到自己是一名精神科医生,常常让别人放松放松,这会儿何不让自己放松放松呢?想到这,我一不做二不休,果断地脱掉内裤,战战兢兢地游了起来,在这封闭的泳池中孤芳自赏。

我游累了,便在水里偷偷摸摸地穿上内裤爬上岸,坐在躺椅上仍是战战兢兢,始终没有彻底舒展放松的感觉。看来让别人放松容易,让自己放松不易呀。

这件趣事常常是我茶余饭后抛给朋友们的一个笑料,也时常让我扪心自问,当时为何要忐忑不安?现在想起来,原来我脱掉的何止是内裤,在某种意义上讲,我脱掉的那是几千年来难以摆脱的精神桎梏。

33

窃以为,思想有多远,便要尽力行多远,此生便不枉然。

《罗马假日》中有一句台词:"要么读书,要么旅行,身体和灵魂总有一个要在路上。"读书产生深刻的思考,旅行带来广泛的感悟,这种时空整合的方式造就了你至深至远的生活,而至深至远的生活又在很大程度上培养了你"独立之人格,自由之思想"的大格局。

不过,在我看来,不少人所谓的旅行,只带着身体与金钱,却从未带着灵魂上路。他们的行为充其量是在旅途中到此一游,而非真正的旅行。因为大多数人纵然可以拖着肉体上路,但他们的"羽翼"早已退化。真正的旅行是灵魂与身躯相随,孤独与快乐相伴,文化与自然相融。

以弗所古城的猫　　　　土耳其,作者摄

34

相传公元前 47 年,罗马帝国的奠基人恺撒大帝在小亚细亚吉拉城大获全胜,欣喜若狂的恺撒在给罗马友人报捷时仅用了三个拉丁词:Veni! Vidi! Vici! 这三个单词的含义是:

我来了!

我看见了!

我征服了!

就这简单的几个词表明了当时恺撒王者般的信心与气概。

两千多年后,当我作为黄河流域的后人来到被誉为欧洲"陆地止于此,海洋始于斯"的罗卡角时,亦情不自禁地发出了同样的声音:

罗卡角　　　　　　　　　　　　　里斯本,作者摄

我来了!

我看见了!

我克服了!

我来了!

悠悠五千年黄河文明的后人呀，与五百多年前探索神秘海洋的勇士们相会。

这是黄色与蓝色的碰撞，

也是大河与大洋的拥抱。

我看见了!

我看见了那辽阔的海洋，

我看见了那巉岩的孤傲，

我看见了那世界的彼岸。

我克服了!

我克服了对物的奢望，

我克服了对生的烦闷，

我克服了对死的恐惧。

35

当今社会热心写文章的多,真心做学问的少,究其原因主要是功利主义作祟。写文章收获更多的是功名利禄,甚至正如王小波所说,一些人不做学问,"你要什么我编什么,比之学人利索了很多"。这准确地勾画出一些所谓学者的嘴脸。当然,这些嘴脸有时并不可恶,甚至在世俗社会看起来,倒有几分入世与成功,而做学问往往则要坐冷板凳,往往要耐得住寂寞。

20世纪80年代,我看过一位名叫斯宾格勒的德国人写的书——《西方的没落》,作者在书中描述了世界历史上自成体系的八种文化形态。此书虽有争议,但反映出作者的深厚学养,非常有趣,其学术价值也是不可低估。而斯宾格勒只是一位中学教师,他在生活极度贫困中研究与写作。可以想象,当时斯宾格勒在局势动荡中要完成这部不朽之作,付出了多大的艰辛与努力。

另一位学术巨匠的学问也是与他的兴趣爱好紧密相连,那就是奥地利人弗洛伊德。17岁那年,他考入维也纳大学医学院,但他坦言,在医学领域只对精神医学感兴趣,虽然他也从事过神经科的工作,但这主要是出于经济上的考量。弗洛伊德对精神医学和心理学矢志不渝的兴趣,最终让他成为精神分析学派的开山鼻祖。

无论是斯宾格勒抑或是弗洛伊德,他们对学问的钻研,主要是凭着探索事物的兴趣,人之好奇天性也。因此,打心底里说,虽然他们的学术观点我并非完全赞同,但我还是尊敬这样做学问的学者。

36

在从医的荆棘道路上,我走过了近四十年的历程,倾听过无数人的内心痛苦,消除过无数人的幻觉妄想,抚慰过众多人的心灵创伤,但也因医学乃至精神医学的局限性或者不完美而留下了不少遗憾。千百年以来,精神医学曾过分受到宗教、哲学甚至政治的影响,偏离了正确的医学之路。对于大多数精神障碍来说,目前仍然是病因不清、机理不明,难以从"病根"上克敌制胜,这不免让人心生困惑。

不过,在这悬壶济世的道路上,我努力地尽心、尽力和尽德,遵循着希波克拉底的誓言,遵循着威廉·奥斯勒的教导,遵循着嘉·约翰的精神,常常安慰病人,时时鼓励病人,基本对得起这份神圣的职业。

几十年来,我为别人治病,却从不会忘记那句古老的拉丁语:"我是人,人所固有的,我无不具有。"尤其是我与生俱来的弱点。现在回想起来,我从小体质孱弱,童年自然便与"青土"做伴(青霉素和土霉素)。

在这茫茫的世界上,我只是一颗会思考的小草,扎根于大地却向往阳光,力求工作充实而善良;我只是一朵会流泪的云彩,自由漂浮于天空,力求生活通透而超逸。对我而言,求真是本行,求善是本性,审美则是孜孜不倦的追求。

这一生一世亦足矣。

37

  公元 2020 年元月 1 日,对我来说,是一个冷清寂寥的日子。此时,我这个半拉子北京人(祖父和父亲两代均系北平人)闲在家中,鬼使神差般地读起了两位同乡写的书。一部是作家史铁生的《我与地坛》,另一部是作家王小波的《沉默的大多数》。有趣的是,我发现这两位作家还有不少的相同点,当然,也有迥异处。

  先说他俩的共同点:他们均出生于 20 世纪 50 年代的北京;都有过"文革"插队的经历;21 岁的求知岁月对他们来说都是个坎:一个残疾,一个插队;都没有活满一个花甲之年;皆在骨子里散发着一股京式幽默;他们身前对生活都抱有不少的遗憾。这种遗憾让他们既不能像法国艺术家杜尚在临终前说的那样:"我很幸运,而且幸运得令人难以置信",也不能像英国哲学家维特根斯坦那样临死时写的"我度过了美好的一生"。

  再说他俩的迥异处:除了一个住在东城,一个住在西城以外,小波比铁生幸运的是,虽然他身体并不强壮,但四肢健全,因此,小波可以心无旁骛地从事写作,而铁生就不同了,在他看来,职业是生病,写作只是业余。的确,在《我与地坛》中,多半围绕着他的双腿残废和轮椅展开,强烈流露出因身体上的残缺造成的心理上的孤寂和苦闷。然而,就是这样一个失魂落魄的人,却能直面惨淡的人生,却能在看似苍凉的生命里谱写出认真想过、活过的美文。而小波呢？一个身体上没有残障的人，但由于身处精神桎梏的年代，为了保持灵魂的真实、有趣而选择"沉默"，这是一种看似默默不语却又认真思考的黑色幽默。

我既喜爱小波的名言"我活在世上，无非想要明白些道理，遇见些有趣的事"，也赞同铁生的观点：有些事不能说，也不想说，却又不能忘。这些事要么在心中，要么在坟墓。

简而言之，铁生与小波都曾生活在北京城，一个是坐在轮椅上拖着肉身前驱，一个是坐在船上摇着精神前行。不过，他俩都独自深深地触摸着充盈的灵魂。

如今两位同行交汇在世界的彼岸，一个深沉，一个有趣。

我呢？在2020年的第一天，独自坐在书桌前，透过向北的窗户遥望着他们不死的灵魂。对我而言，这是一个美妙的时刻。

38

　　大多数时候，人活得很刻板，上班下班，回家吃饭，睡觉休息。然后，再上班……周而复始，固有的思维，刻板的行为。

　　偶尔，人活得又很洒脱，有时为了一句话或某种情结，竟能抬腿说走就走，奔向异国他乡。

　　我的母亲曾告诉我，在20个世纪40年代，我的祖父（京剧武行头）与其师兄闹别扭，一时间打赌，看看两人是否敢踏出国门。结果，他俩当时年轻气盛，一下子从汉口登上了开往英国伦敦的轮船，真来了一次说走就走的人生穷游。

　　岁月不居，时光如流，七十多年过去了，祖父的这种基因似乎遗传到我身上。

　　2018年，为了践行林语堂先生"能做我自己的自由和敢做我自己的胆量"的观点，不顾当时中东战乱的危险，我搭乘伊朗马汉航空公司的飞机从广州起飞，到伊朗首都德黑兰转机，前往中世纪有着辉煌岁月的伊斯坦布尔，去探访那充满沧桑的拜占庭文化。蓝色的博斯普鲁斯海峡把风格迥异的欧洲与亚洲连在一起，人类的多种文明曾在这里交汇，甚至冲突与厮杀。这座城市史称君士坦丁堡，曾经是罗马帝国的首都，拥有巨大的权力和财富，以及璀璨夺目的镶嵌艺术，甚至它成为俄罗斯东正教的滥觞之地。可以说，君士坦丁堡在人类文明历史上留下了难以抹去的痕迹。

当年的君士坦丁堡如今的伊斯坦布尔，在斑斑点点的宗教痕迹中，我感受到人类的苦难与希望。与此同时，蓝色的清真寺与不远处的安亚索非亚博物馆安然耸立在那儿数百上千年，给我一种穿过岁月、穿透历史的阴郁美。

2019年，为了见证"欧洲陆地止于此，海洋始于斯"的万千气象，我只身前往葡萄牙去感受大自然的鬼斧神工。罗卡角位于葡萄牙首都里斯本的最西端。它孤傲地矗立在大西洋的岸边，经受着无情岁月的考验和无数次暴风雨的洗礼；它亦默默地见证着理想的实现与破灭，见证着人类的真理与谎言。那里是大自然激荡灵魂的地方。尽管朝代更迭、人事代谢，神圣的罗卡角却岿然不动。

我相信，在这个世界上总有一些地方能触碰人的灵魂。譬如，对高更来说，是塔希提岛；对徐志摩来说，是康桥；对铁生来说，是地坛；而对我来说，灵魂常在海洋与书中游荡。

我坐在欧洲的尽头，遥望着世界的彼岸，颇有一番禅意：行到陆地边，坐看水连天。刹那间，俯仰之间的万物尽收眼底，一切都合而为一，归于生命的本真。

2020年，我对纪伯伦先生"我们活着是为了寻找美，其他一切只不过是形形色色的等待"这句话产生了极大的共鸣，于是克服了长时间乘坐飞机的恐惧与劳顿，不远千里飞往艺术修行的圣地之一——荷兰（从现在起，应该改称它为尼德兰了），怀着一颗虔敬的心去参观伦勃朗、维米尔和凡·高等艺术大师们的杰作。

当然，除了我在纽约现代艺术馆亲眼见过凡·高的代表作《星空》

之外,这次在阿姆斯特丹再次有缘欣赏了凡·高的不少真迹,尤其是1888年他在法国小镇阿尔勒完成的作品《黄房子》和《卧室》,这些作品色彩艳丽,充满勃勃生机。不过,黄灿灿的颜色很可能投射出凡·高极为强烈的情感色彩。之后不久因他出现攻击、自伤行为而被送进了当地的医院,后又被送进了圣雷米的一家由修道院改建的精神病疗养院,接受治疗和康复,可惜那时精神病院还没有碳酸锂之类的精神药物,难以挽回凡·高的性命。呜呼哀哉!

凡·高自画像
阿姆斯特丹,作者摄

当然,这次修行我还有福欣赏了17世纪荷兰"黄金时代"的荷兰画派,他们以哈尔斯、伦勃朗和维米尔为代表。哈尔斯和伦勃朗的肖像画令人赞叹。在阿姆斯特丹国立博物馆一楼大厅,赫然树立着伦勃朗的巨幅油画《夜巡》作为镇馆之宝。来自世界各地的参观者络绎不绝,欣赏和朝拜在《夜巡》前。

而我,倒是对二楼展厅伦勃朗的《海耶·冯·克雷伯格的肖像》颇感兴趣。据说,她当时是一位啤酒酿造商人的妻子。在这幅肖像前我默默静观和思索良久,小心翼翼,生怕打扰了她安静的灵魂。仿佛一不小心三百多年前的她会呼之欲出。这位夫人黑与白的服饰显现出高贵和纯净,她的眼神和嘴角则流露出一股富足和康宁之感。看着这幅肖像,我仿佛觉得,在她

伦勃朗的肖像画
阿姆斯特丹,作者摄

脚下时刻流淌着汩汩甘泉,百年不枯。

而在坐落于海牙市中心的莫里茨皇家美术馆,维米尔的《戴珍珠耳环的少女》则成为该馆的镇馆之宝。在这幅很小的肖像画中,维米尔描绘了一位宁静安详的少女,她头戴蓝黄相间的头巾,身穿由白色点缀的黄色服饰,耳朵上带着一颗耀眼的白色珍珠,回眸一望。这幅画很小却颇有张力。不少艺术家认为,它完全可与达·芬奇的《蒙娜丽莎》相媲美。的确,少女回眸一望百媚生,不知倾倒了多少人,触动到多少心。记得列夫·托尔斯泰说过:"笑容可以增加美丽。"一如蒙娜丽莎的微笑。维米尔画中的她倒没怎么笑,但她回眸间刹那的美,亦让她百世不殒。如果说,《蒙娜丽莎》代表了一种生命的成熟美,那么,这幅《戴珍珠耳环的少女》则象征着生命中的纯情。

这些17世纪大师们的作品让人流连忘返,让人沉醉。他们的艺术无愧于国家之瑰宝,也是世界美术史上的骄傲。

其实,欣赏艺术不仅有助于审美活动,还能愉悦心情,促进精神健康,甚至延年益寿。2019年《英国医学杂志》长达14年的随访研究显示,欣赏艺术(包括前往音乐厅、参观美术馆和博物馆等)对50岁及以上的人士来说,的确有延长寿命的作用。

可对我这个知天命的人来说,每次出国探访大多会遇到程度不一的惊险。但是,德洛克罗瓦曾说过:"没有胆量,没有极大的胆量,就不会有美。"对我而言,没有极大的胆量,就不会发现美。

我相信,审美不一定让人真,却能让人善。这几次"壮游"对我这个行善、求真的医生来说,蕴含着自由和美,原来,这些都是我生命中的至爱。

39

据我所知,一些画家、书法家不仅画画得好,书法写得好,文章或文字亦常常写得行云流水,颇有懿采。不是吗?我国东晋素有"天下第一行书"的大书法家王羲之,他的"兰亭集序"写得那真是简约隽永,酣畅淋漓。千百年来,让无数文人雅士传诵至今,为中国的文学艺术宝库增添了绚烂的光彩。清代书画家郑板桥亦如此,其书画文俱佳。

御碑兰亭　　　　　　绍兴,作者摄

还有之后的《德洛克罗瓦日记》《凡·高书信选》读起来也都是朗朗上口,引人入胜,绘画经验与人生感悟独到,文字典雅。就是当代一些画家如东山魁夷、黄永玉、木心、席慕蓉等,他们不仅绘画出彩,文字亦出众,真是一手泼丹青,一手写美文。让人赞叹不已!

为何会有这般宛如雨后的彩虹出现?

从神经心理学来看，这些艺术家的左右脑都很发达，使之既能掌握美妙的语言，又能驾驭复杂的空间。

从古希腊神话来看，这些艺术家身上除了时常受到文艺女神缪斯垂青外，想必还时常被太阳神阿波罗和酒神狄奥尼索斯眷顾，所以他们才能一手泼丹青，一手写文章。

40

人生的吊诡仿佛就在眼前。2020年的元旦,我坐在窗前遥望铁生和小波的灵魂。数月过后,我却不得不叩问自己的灵魂。

2020年1月,中国武汉爆发了新冠肺炎,这场疫情犹如一场突如其来的风暴席卷全球,让这个一向欢闹的世界平静了许多,也焦虑了许多。与这场疫情有关的死亡者已超过三百万例,而死亡人数还在飙升中。

当下,无论男女老幼、贫富贵贱、百姓君王,都面临感染新冠肺炎的危险,甚至死亡的威胁。昨日健硕的身躯,今日却化为了灰烬;今日的倩影,明日可能变成白骨。于是,生与死的终极问题渐渐浮现在眼前。

人生是什么?人生的意义又在哪里?这些看似无用的问题时常萦绕在我的心头。显然,这些问题并没有统一的答案。在一些人看来,"人世间的一切在我看来是多么可厌、陈腐、乏味而无聊!"而在另一些人眼中,人世间又是多么美好,充满幸福和欢乐。

对我而言,人生就是一场苦乐掺杂的时空体验。攀登峻峭的山峰,则当奋起;行走在悠远的平川,可以躺平。因此,我对人生的态度则是无奈地接受,有限地抗争。生不由我,活却由我,要活出自己的多彩人生。

14世纪一位苏格兰骑士和英雄威廉·华莱士有一句名言:"每个人都会死,但不是每个人都认真活过。"因此,在我看来,人活着,便要讲究生活质量,过上一种带有自省的灵性生活,而不只是在乎长短。生命再长寿也终要离开这个尘世,而灵魂则不同,它会幻化为某种精神留存在一些人的心底,甚至代代相传。于是,顺着这种思路,我自然不会选择余华笔下"福贵"的活法——苟且地活着,这或许仍是当下不少人的活法。

临终前,我若能像两千多年前的使徒保罗说的那样,"那美好的仗我已经打过了,当跑的路我已经跑尽了,所信的道我已经守住了",生命便是完美。那时,我会十分欣慰地说:

尽管这无情却有意的世界让我沧桑,使我犯错,但我尽了心,努了力,守住了良知。

回望短短几十年,我长长地出了一口气。在那最后的时辰,我会默默地送上一句:

同胞们,再见!喧闹的尘世,永别!

附 录

《艺术与精神医学》后记一

当这本小书即将接近尾声的时候，我怀抱着一颗虔诚之心前往音乐之都维也纳，尤其是专程来到莫扎特的故乡萨尔斯堡粮食街9号，追寻那让人神往心醉的音乐之声。

近看，萨尔斯堡繁花锦簇，青山绿水环抱，显得格外优美。

远眺，萨尔斯堡耸立着巍峨的城堡，朵朵白云更是悬挂在蔚蓝色的天空中，显得尤为宁静。

这座优美、宁静的城镇偎依在阿尔卑斯山脉旁，萨尔斯河水缓缓穿城而过，仿佛就连清澈的河水也流淌着曼妙的音乐，优美的旋律，令人沉醉不醒。

如果说巴黎、佛罗伦萨开启了我的美术眼界，那么，维也纳、萨尔斯堡则奏响了我的音乐魂魄。

走进艺术，就是贴近心灵、贴近灵性，就是让我们洞见那生命之奥秘，洞见那生活之悲喜。同时，亦让我们洞见那丰富多彩的精神活动，这自然亦涵盖了异常的精神现象。

我深知，撰写这本小书不仅要依靠医学知识，还需融入哲思、诗意和审美等人文元素。在分析心理学创始人荣格看来，本质上，艺术有别于科学，而科学亦不同于艺术，它们拥有各自的领地和各自的术语。因此，撰写此书是一件费力、越俎的工作，尤其是在撰写第 6 章 "音乐治疗"之初，深感心中无数。关于音乐，好在美国作曲家亚伦·科普兰告诉我们："你不能仅仅通过阅读书籍欣赏它。如果你想要更好地领悟音乐，唯有聆听。"（Copland A. What to listen for in music. Signet Classics, 1985.）于是，这几年如有时间，无论是巴洛克音乐，还是古典派、浪漫派音乐，皆常常成为我耳边伴侣、心上知音。

此外，对于一本属于交叉学科的书籍，鄙人广泛涉猎，小心求证，诚惶诚恐，力求执简御繁，观博取约，又不失学术水准，但我仍感学养不足，还望广大海内外学者、同道批评雅正。

在撰写本书过程中，得到不少海内外学者的热心帮助与指教，在此一并致谢，他们是：

法国精神病医院联合会主席 Yvan HALIMI 医生；

法国精神病学协会主席 Christian MULLER 医生；

法国乔治·马聚雷勒医院 Dominique MACE 医生；

世界文化精神医学协会第二任会长意大利 Goffredo Bartocci 博士；

中国音乐治疗学会理事长崔勇教授；

香港大学冉茂盛副教授。

当然，还要感谢 "2012 年度郑裕彤博士奖学金"，让我在访问香港大学期间，有了更多的空间与时间来独立思考。

最后，更要感谢我国当代精神医学的巨擘张明园老师以及华夏出版社陈小兰女士一贯的相助与谬奖，给我增添了不断前进的动力。

清代著名文人张潮说过，有功夫读书是福气，有学问著述是福气。依我看来远非如此，在物欲横流、心浮气躁的当下，虽然我在数十年读书、十余载著述的过程中难免有时"苦心志,劳筋骨",但读书与著述不仅成就了我的精神卫生事业,还让我有缘领略了人文主义之丰厚、之灿烂,更让我有幸品味到人生之充盈、之精彩,实乃鸿福也!

2014 年 6 月于萨尔斯堡

[原载作者编著的《艺术与精神医学》,华夏出版社 2015 年出版]

《艺术与精神医学》后记二

2014年9月，位于南欧伊比利亚半岛上的马德里秋高气爽，金色的阳光、蔚蓝的天空、习习的微风，令人气清神爽。

在本书即将付梓之际，我有幸、有福参加了由世界精神医学协会主办的第16届世界精神医学大会，这次会议在素有"欧洲之门"美誉的马德里召开，来自全球120多个国家和地区约5700余名精神卫生领域的专家、学者出席了此次盛会，可谓群英荟萃、少长咸集。

这次会议涉及的精神卫生70余个主题词中，"艺术与精神医学"赫然在列，并且，除了举办"艺术与精神医学"专题会外，有关审美策略、社会美学和原生艺术在精神医学领域应用的数个报告也登台亮相，异彩纷呈。这些学术活动无不鲜活地表明了"精神医学既是科学的，又是艺术的"真谛。

记得尼采说过，"没有音乐，生活是一种错误"。依我看，人生中若缺少了审美活动，那就是最大的遗憾。

我认为，在哲学层面，审美活动能给烦恼人生、怪惚人事带来慰藉与快乐；在心理学层面，审美活动能够减轻工作人群的工作压力与职业倦怠；在精神医学层面，审美活动能让精神卫生服务的使用者（即患者）在病痛与孤苦中寻找疗愈康复的辅助力量。

可以说，审美活动超越了自然科学，超越了生物医学，超越了脑，她让人生追求自由与想象，她使人生触及心灵、激发灵性，她给人生增添消解平庸、克服困境的神奇魔力。

透过审美，无论是面对秋花春草，还是眼望湖光山色，无论是聆听音乐，还是欣赏绘画、诗歌，均能使庸碌的众生神情荡漾，通往康宁之路，通向真善之门。

2014 年 10 月于广州白鹅潭畔

[原载作者编著的《艺术与精神医学》，华夏出版社 2015 年出版]

图书在版编目（CIP）数据

医道与人文的守望者：一个精神科医生的散文随笔集 / 李洁著. -- 北京：华夏出版社有限公司，2021.10
ISBN 978-7-5222-0165-8

Ⅰ. ①医⋯ Ⅱ. ①李⋯ Ⅲ. ①散文集－中国－当代 Ⅳ. ①I267

中国版本图书馆CIP数据核字（2021）第171582号

医道与人文的守望者——一个精神科医生的散文随笔集

著　　者	李　洁
责任编辑	陈小兰
策划编辑	陈小兰　李增慧
责任印制	周　然

出版发行	华夏出版社有限公司
经　　销	新华书店
印　　装	三河市少明印务有限公司
版　　次	2021年10月北京第1版　2021年10月北京第1次印刷
开　　本	710×1000　1/16
印　　张	14.25
字　　数	220千字
定　　价	49.00元

华夏出版社有限公司　地址：北京市东直门外香河园北里4号　邮编：100028
网址：www.hxph.com.cn　电话：（010）64663331（转）
若发现本版图书有印装质量问题，请与我社营销中心联系调换。

图书在版编目（CIP）数据

医道与人文的守望者：一个精神科医生的散文随笔集 / 李洁著. -- 北京：华夏出版社有限公司，2021.10
ISBN 978-7-5222-0165-8

Ⅰ. ①医… Ⅱ. ①李… Ⅲ. ①散文集－中国－当代 Ⅳ. ①I267

中国版本图书馆 CIP 数据核字（2021）第 171582 号

医道与人文的守望者——一个精神科医生的散文随笔集

著　　者	李　洁
责任编辑	陈小兰
策划编辑	陈小兰　李增慧
责任印制	周　然

出版发行	华夏出版社有限公司
经　　销	新华书店
印　　装	三河市少明印务有限公司
版　　次	2021年10月北京第1版　　2021年10月北京第1次印刷
开　　本	710×1000　1/16
印　　张	14.25
字　　数	220千字
定　　价	49.00元

华夏出版社有限公司　地址：北京市东直门外香河园北里4号　邮编：100028
网址：www.hxph.com.cn　电话：（010）64663331（转）
若发现本版图书有印装质量问题，请与我社营销中心联系调换。